Œuvres & thèmes

Collection dirigée par Hélène Potelet et Georges Décote

Sindbad le marin

Un genre

Le conte oriental

Julien Harang,
agrégé de lettres modernes

Paris 2004
ISBN 978-2-218-74471-6
ISSN 0184 0851

Hatier

L'air du temps

Le développement de l'empire musulman

■ 622 : Mahomet et ses disciples quittent La Mecque pour créer une communauté musulmane à Médine. C'est l'*hégire*, point de départ du calendrier musulman.

■ 632 : mort de Mahomet, devenu chef religieux et politique d'une grande partie de la péninsule arabe.

■ 632-711 : les califes qui succèdent à Mahomet étendent leur empire de l'Indus à l'Espagne.

■ 762 : la ville de Bagdad, fondée par le calife al-Mansour, devient la capitale de l'empire musulman.

■ 786-809 : règne du calife Haroun-al-Rachid, rendu célèbre par les *Mille et Une Nuits*.

À la même époque...

■ 732 : lors de la bataille de Poitiers, les Francs de Charles Martel repoussent l'avancée des musulmans omeyyades qui se retirent en Espagne.

■ 768-814 : règne de Charlemagne.

En 800, après avoir étendu son royaume sur toute l'Europe, il est couronné empereur par le pape à Rome. Devenu protecteur de l'Église et du peuple chrétien, il entretient de bonnes relations avec les grands souverains de son temps. Il aurait notamment échangé plusieurs ambassades avec le calife Haroun-al-Rachid entre 797 et 807.

Sommaire

Introduction

Sindbad le marin

Les Mille et Une Nuits, une histoire qui commence mal…

Lorsque Schahriyar, le roi de l'empire perse[1], découvre qu'il est trompé par son épouse favorite, il ordonne à son grand vizir de la faire étrangler, et décide de passer désormais chaque nuit avec une femme différente, qui sera mise à mort le lendemain matin.
Jour après jour, le vizir[2] doit demander à chacune des nobles familles du royaume de sacrifier une jeune fille pour respecter la cruelle décision du roi. Nuit après nuit, les familles endeuillées s'enfoncent dans le désespoir.
C'est alors que la fille aînée du vizir, Scheherazade, dont l'intelligence et la beauté sont incomparables, demande à son père de la laisser aller passer la nuit avec le roi. Le vizir, épouvanté, essaie de l'en dissuader, mais en vain. La détermination de sa fille reste entière : elle a imaginé un stratagème pour mettre fin à cette série de meurtres.

Scheherazade.

1. Empire censé s'étendre de l'Iran jusqu'à l'Inde et à la Chine.
2. Premier Ministre.

Le triomphe de Scheherazade

Le soir venu, conduite auprès de Schahriyar, Scheherazade lui demande de laisser sa jeune sœur Dinarzade passer la nuit auprès du lit nuptial, afin de la voir une dernière fois…
Une heure avant le jour, Dinarzade se réveille et dit ce que sa sœur lui avait recommandé : « Ma chère sœur, s'écrie-t-elle, si vous ne dormez pas, je vous supplie, en attendant le jour qui paraîtra bientôt, de me raconter un de ces contes agréables que vous savez. »
Scheherazade, avec l'autorisation du roi, commence une histoire. Mais voyant le jour qui se lève, elle suspend son récit, au moment le plus palpitant. Le roi, qui doit la quitter pour gérer les affaires du royaume, décide de lui laisser la vie jusqu'au lendemain, pour connaître la suite de l'histoire. Le stratagème a réussi.
Nuit après nuit, le procédé se répète. Les histoires se suivent, s'entrecroisent. La mémoire de Scheherazade est inépuisable, et ses talents de conteuse émerveillent Schahriyar. Au bout de mille et une nuits, apaisé et séduit, le roi décide de renoncer à sa cruelle résolution. Scheherazade triomphe, tout le royaume est en fête.

Le recueil aux mille et une facettes

Telle est l'histoire qui sert de cadre au recueil des *Mille et Une Nuits*. Toutefois, bien que deux des souverains[3] qui ont régné sur la Perse au xe siècle portent le nom de Schahriyar, aucun d'eux ne semble avoir eu la chance d'écouter les récits d'une Scheherazade.
En fait, l'histoire de Scheherazade et Schahriyar est une invention commode pour rassembler de nombreuses œuvres à l'intérieur d'une grande histoire qui les contient toutes. C'est ce qu'on appelle un récit cadre, car il encadre tous les autres récits, comme le cadre d'un tableau. Et à l'intérieur de ce cadre, comme le suggère le titre de l'œuvre[4], quel foisonnement !

3. Les émirs de la côte Caspienne.
4. En arabe, l'expression « mille et une » signifie *nombreuses*.

Un spécialiste de la littérature et de l'histoire de l'Orient médiéval[5] compare ce recueil à « une forêt où chaque saison fait surgir d'autres plantes »: des épopées, des contes, des fables, des romans. Provenant d'Arabie, de Perse, d'Inde, et même de la Grèce antique… *Les Mille et Une Nuits* sont une gigantesque compilation de créations littéraires d'origines diverses, qui n'a cessé de se modifier au gré des conteurs, des copistes et des traducteurs.

La traduction d'Antoine Galland (1646-1715)

En 1704, après quinze ans passés au Proche-Orient, où il a pu approfondir sa connaissance des langues et des coutumes locales, Antoine Galland entreprend d'offrir à l'Occident la première traduction des *Mille et Une Nuits*. Il prend quelques libertés avec le texte original : les longues descriptions, les vers, les citations et les passages trop osés sont supprimés pour respecter le goût de ses lecteurs.

Le charme de l'Orient séduit rapidement la France, puis l'Europe entière. Le succès est immédiat, dont atteste une anecdote restée célèbre : par une nuit d'hiver, Antoine Galland est réveillé par des voix de jeunes gens qui l'appellent depuis la rue. Le voilà qui ouvre sa fenêtre, et passe la tête coiffée d'un bonnet de nuit.

« Quoi donc ? Que me veut-on ?

– Monsieur Galland ! Monsieur Galland ! Si vous ne dormez pas, contez-nous donc un de ces beaux contes que vous contez si bien. »

Voilà que des plaisantins adressent au traducteur des *Mille et Une Nuits* la prière de Dinarzade !

Entre 1704 et 1713, Galland publie neuf tomes de traductions de manuscrits arabes du XIIIe siècle, auxquels il intègre l'histoire d'un marchand de Bagdad : Sindbad le marin.

5. Nikita Élisséeff, *Thèmes et motifs des* Mille et Une Nuits.

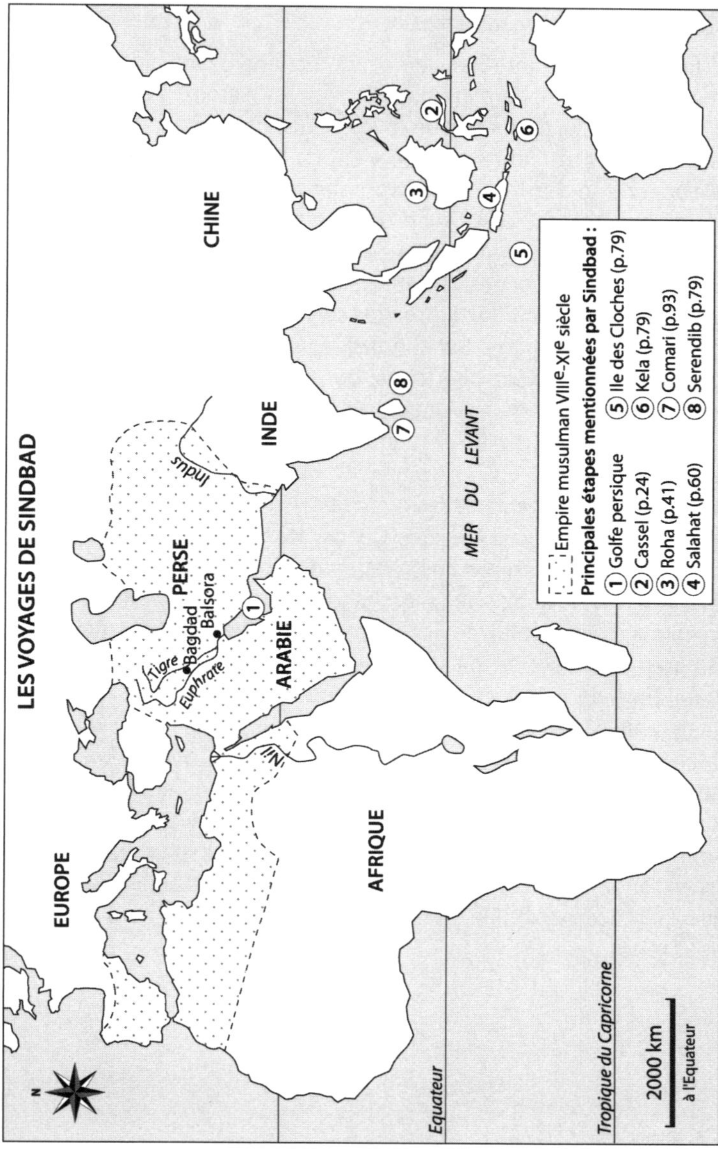
LES VOYAGES DE SINDBAD
EUROPE
AFRIQUE
ARABIE
PERSE
INDE
CHINE
Bagdad
Balsora
Tigre
Euphrate
Nil
Indus
MER DU LEVANT
Equateur
Tropique du Capricorne
2000 km
à l'Equateur
N
1
2
3
4
5
6
7
8
Empire musulman VIIIe-XIe siècle
Principales étapes mentionnées par Sindbad :
① Golfe persique
② Cassel (p.24)
③ Roha (p.41)
④ Salahat (p.60)
⑤ Ile des Cloches (p.79)
⑥ Kela (p.79)
⑦ Comari (p.93)
⑧ Serendib (p.79)

L'histoire de *Sindbad le marin*

À la fin de la soixante-neuvième nuit, Scheherazade, voyant que le jour n'est pas encore paru, commence l'histoire de *Sindbad le marin*, qui va lui permettre de révéler une autre facette de ses mille et un talents de conteuse. Elle vient d'achever l'histoire des *Trois Calenders*[6], qui a tenu le roi en haleine durant plus de quarante nuits, car elle est constituée de plusieurs aventures vécues par différents personnages. Trois princes exilés et deux dames de Bagdad y sont successivement les narrateurs de leur propre vie, dont ils font le récit aux autres personnages.

Avec *Sindbad le marin*, Scheherazade inaugure une nouvelle façon de raconter : il n'est plus question de multiplier les narrateurs, mais au contraire de se concentrer sur le récit des aventures d'un seul personnage, et de les entendre raconter par celui qui les a vécues.

Des côtes africaines à celles des « Îles aux épices » (Indonésie), du sud de l'Inde à l'Archipel des Cocos, les récits de Sindbad nous mènent sur l'ensemble des rivages de la mer du Levant (voir la carte, p. 7). À l'image des marchands de son époque, il s'y approvisionne en produits de luxe. Aromates, épices, bois précieux, ambre, ivoire, perles, pierres précieuses sont si prisés des riches habitants de Bagdad qu'ils lui procurent de grands profits à la revente.

Mais pour rapporter ces richesses à bon port, que de mésaventures dignes des épopées homériques ! Naufragé perpétuel, tour à tour prisonnier d'un monstre mangeur d'hommes puis d'une tribu anthropophage, condamné à mort, réduit en esclavage, attaqué par d'énormes serpents ou par de gigantesques oiseaux rocs, les périples auxquels nous convie Sindbad ne sont pas de tout repos…

6. Vagabonds.

Sindbad le marin

Sindbad le marin

Histoire de Sindbad le marin

Sire, sous le règne de ce même calife Haroun-al-Raschid[1] dont je viens de parler, il y avait à Bagdad[2] un pauvre porteur qui se nommait Hindbad. Un jour qu'il faisait une chaleur excessive, il portait une charge très pesante d'une extrémité de la ville à une autre. Comme il était fort fatigué du chemin qu'il avait déjà fait et qu'il lui en restait encore beaucoup à faire, il arriva dans une rue où régnait un doux zéphyr[3], et dont le pavé était arrosé d'eau de rose. Ne pouvant désirer un lieu plus favorable pour se reposer et reprendre de nouvelles forces, il posa sa charge à terre, et s'assit dessus auprès d'une grande maison.

Il se sut bientôt très bon gré de s'être arrêté en cet endroit[4] : car son odorat fut agréablement frappé d'un parfum exquis de bois d'aloès[5] et de pastilles qui sortait par les fenêtres de cet hôtel[6], et qui, se mêlant avec l'odeur de l'eau de rose, achevait d'embaumer l'air. Outre cela, il ouït en dedans[7] un concert de divers instruments accompagnés du ramage[8] harmonieux d'un grand nombre de rossignols et d'autres oiseaux particuliers au climat de Bagdad. Cette gracieuse mélodie et la fumée de plusieurs sortes de viandes qui se faisaient sentir lui firent juger qu'il y avait là quelque festin, et qu'on s'y réjouissait. Il voulut savoir qui demeurait en cette maison qu'il ne connaissait pas bien, parce qu'il n'avait pas eu occasion de passer souvent par cette rue. Pour satisfaire sa curiosité, il s'approcha de quelques domestiques, qu'il vit à

1. Souverain de l'empire musulman.
2. Capitale de l'empire musulman.
3. Vent doux et agréable, brise légère.
4. Il avait eu raison de s'arrêter là.
5. Plante à feuilles dentées et épineuses.
6. Ici, hôtel particulier, grande maison.
7. Il entendit à l'intérieur.
8. Le chant d'un oiseau.

la porte, magnifiquement habillés, et demanda à l'un d'entre eux comment s'appelait le maître de cet hôtel. « Hé quoi ! lui répondit le domestique, vous demeurez à Bagdad, et vous ignorez que c'est ici la demeure du seigneur Sindbad le marin, de ce fameux voyageur qui a parcouru toutes les mers que le soleil éclaire ? » Le porteur, qui avait ouï parler des richesses de Sindbad, ne put s'empêcher de porter envie[9] à un homme dont la condition lui paraissait aussi heureuse qu'il trouvait la sienne déplorable. L'esprit aigri par ses réflexions, il leva les yeux au ciel, et dit assez haut pour être entendu : « Puissant créateur de toutes choses, considérez la différence qu'il y a entre Sindbad et moi ; je souffre tous les jours mille fatigues et mille maux, et j'ai bien de la peine à me nourrir, moi et ma famille, de mauvais pain d'orge, pendant que l'heureux Sindbad dépense avec profusion d'immenses richesses et mène une vie pleine de délices. Qu'a-t-il fait pour obtenir de vous une destinée si agréable ? Qu'ai-je fait pour en mériter une si rigoureuse ? » En achevant ces paroles, il frappa du pied contre terre comme un homme entièrement possédé de sa douleur et de son désespoir.

Il était encore occupé de ses tristes pensées, lorsqu'il vit sortir de l'hôtel un valet qui vint à lui et qui, le prenant par le bras, lui dit : « Venez, suivez-moi ; le seigneur Sindbad, mon maître, veut vous parler. »

Le jour qui parut en cet endroit empêcha Scheherazade de continuer cette histoire ; mais elle la reprit ainsi le lendemain :

LXXe nuit

Sire, Votre Majesté peut aisément s'imaginer qu'Hindbad ne fut pas peu surpris du compliment qu'on lui faisait.

9. Envier, jalouser, être jaloux de quelqu'un.

Après le discours qu'il venait de tenir, il avait sujet de craindre que Sindbad ne l'envoyât quérir pour lui faire quelque mauvais traitement ; c'est pourquoi il voulut s'excuser sur ce qu'il ne pouvait abandonner sa charge au milieu de la rue ; mais le valet de Sindbad l'assura qu'on y prendrait garde[10], et le pressa tellement sur l'ordre dont il était chargé que le porteur fut obligé de se rendre à ses instances[11].

Le valet l'introduisit dans une grande salle, où il y avait un bon nombre de personnes autour d'une table couverte de toutes sortes de mets[12] délicats. On voyait à la place d'honneur un personnage grave[13], bien fait et vénérable par une longue barbe blanche ; et derrière lui étaient debout une foule d'officiers et de domestiques fort empressés à le servir. Ce personnage était Sindbad. Le porteur, dont le trouble s'augmenta à la vue de tant de monde et d'un festin si superbe, salua la compagnie en tremblant. Sindbad lui dit de s'approcher, et, après l'avoir fait asseoir à sa droite, il lui servit à manger lui-même, et lui fit donner à boire d'un excellent vin, dont le buffet était abondamment garni.

Sur la fin du repas, Sindbad, remarquant que ses convives ne mangeaient plus, prit la parole, et, s'adressant à Hindbad, qu'il traita de frère, selon la coutume des Arabes lorsqu'ils se parlent familièrement, lui demanda comment il se nommait et quelle était sa profession. « Seigneur, lui répondit-il, je m'appelle Hindbad. – Je suis bien aise de vous voir, reprit Sindbad, et je vous réponds que la compagnie vous voit aussi avec plaisir ; mais je souhaiterais apprendre de vous-même ce que vous disiez tantôt dans la rue. » Sindbad, avant que de se mettre à table, avait entendu tout son discours par une fenêtre ; et c'était ce qui l'avait obligé à le faire appeler.

10. On y ferait attention, on s'en occuperait.
11. Accepter sa demande insistante.
12. Plats raffinés.
13. Un personnage sérieux.

À cette demande, Hindbad, plein de confusion, baissa la tête et repartit : « Seigneur, je vous avoue que ma lassitude m'avait mis en mauvaise humeur, et il m'est échappé quelques paroles indiscrètes que je vous supplie de me pardonner. – Oh ! ne croyez pas, reprit Sindbad, que je sois assez injuste pour en conserver du ressentiment. J'entre dans votre situation ; au lieu de vous reprocher vos murmures, je vous plains ; mais il faut que je vous tire d'une erreur où vous me paraissez être à mon égard. Vous vous imaginez sans doute que j'ai acquis sans peine et sans travail toutes les commodités[14] et le repos dont vous voyez que je jouis[15] : désabusez-vous[16]. Je ne suis parvenu à un état si heureux qu'après avoir souffert durant des années tous les travaux du corps et de l'esprit que l'imagination peut concevoir. Oui, Messeigneurs, ajouta-t-il en s'adressant à toute la compagnie, je puis vous assurer que ces travaux sont si extraordinaires qu'ils sont capables d'ôter aux hommes les plus avides de richesses l'envie fatale de traverser les mers pour en acquérir. Vous n'avez peut-être entendu parler que confusément de mes étranges aventures, et des dangers que j'ai courus sur mer dans les sept voyages que j'ai faits, et, puisque l'occasion s'en présente, je vais vous en faire un rapport fidèle : je crois que vous ne serez pas fâchés de l'entendre. »

Comme Sindbad voulait raconter son histoire, particulièrement à cause du porteur, avant que de la commencer il ordonna qu'on fît porter la charge qu'il avait laissée dans la rue au lieu où Hindbad marqua qu'il souhaitait qu'elle fût portée. Après cela, il parla dans ces termes : [...]

14. Les richesses, les biens matériels.
15. Dont je profite, dont je bénéficie.
16. Détrompez-vous, ne croyez pas cela.

Questions

Repérer et analyser

La situation d'énonciation

Dans la vie quotidienne comme dans les livres, le langage permet aux hommes de communiquer, c'est-à-dire d'échanger des informations sous forme de messages.
Analyser la situation d'énonciation, c'est se demander qui est l'auteur du message écrit ou oral (appelé l'énonciateur), à qui ce message est destiné (le destinataire), où, quand et dans quelles circonstances le message a été émis.
Dans un conte ou un roman, celui qui raconte l'histoire s'appelle le narrateur.

1 Relisez la première phrase.
a. Qui est le personnage qui prend la parole ? À quel autre personnage s'adresse-t-il ?
b. Quelle relation existe-t-il entre ces deux personnages ?
c. Pour quelle raison l'un raconte-t-il des histoires à l'autre ?
d. À quel moment de la journée le fait-il ? Pour répondre, reportez-vous aux lignes 50-51.
e. Quelle expression indique que le lecteur assiste à une conversation qui a déjà commencé avant le début de ce texte ?

Le récit encadré ou le récit dans le récit

Il arrive que dans un récit le narrateur cède la parole à un personnage qui se met à raconter une histoire. Ce personnage devient alors le narrateur de l'histoire qu'il raconte : on l'appelle narrateur second, par rapport au premier narrateur, et on dit que son récit est un récit encadré dans le premier.

2 Quel est le personnage qui raconte l'histoire de Hindbad et de Sindbad ? S'agit-il d'un narrateur ou d'une narratrice ? Le lecteur en est-il le destinataire premier ? Le récit est-il fait par oral ou par écrit ? Justifiez vos réponses.
3 **a.** À un certain moment, le personnage narrateur interrompt son récit. Relevez les lignes dans lesquelles le narrateur premier présente cette interruption.
b. À quel moment le personnage narrateur reprend-il le cours de son récit ? Combien de temps s'est-il écoulé environ entre

le moment où il termine son récit et le moment où il le reprend ? Justifiez votre réponse.

4 À quel personnage Sindbad raconte-t-il son histoire ?

Le cadre spatio-temporel

Dans un récit, le narrateur donne souvent des indications de temps et de lieu qui permettent au lecteur de situer l'action. C'est ce qu'on appelle le cadre spatio-temporel.

5 Relevez dans la première phrase les indications de temps et de lieu qui permettent de situer le cadre de l'histoire racontée. Ces indications sont-elles précises ?

L'enchaînement des événements

6 **a.** Qui est Hindbad ? Dans quelle situation se trouve-il au début du récit ?
b. Quels sont les éléments qui déclenchent l'action (l. 3 à 11) ?
c. Dites en quelques phrases ce qui arrive à Hindbad.

Les personnages

Hindbad

7 **a.** Relevez les mots et expressions qui caractérisent les conditions de travail de Hindbad (l. 2 à 7). S'agit-il d'un travail pénible ou aisé ?
b. Selon vous, cette présentation du travail de Hindbad est-elle destinée à rendre le personnage sympathique ou antipathique ?

8 Lorsque Hindbad compare sa situation à celle de Sindbad, quel sentiment éprouve-t-il (l. 31 à 45) ?

Sindbad

La description d'un personnage s'appelle un portrait. Le narrateur peut choisir de décrire l'aspect extérieur du personnage (portrait physique), mais il peut aussi présenter son caractère (portrait moral).

9 **a.** Relevez les détails qui permettent d'imaginer Sindbad physiquement.
b. De quelles qualités morales fait-il preuve ? Justifiez votre réponse en vous appuyant sur ses paroles et ses actions.

Les relations entre les personnages

10 Quelle est la réaction de Sindbad lorsqu'il entend Hindbad se plaindre ? Hindbad s'attendait-il à cette réaction ?

11 Quelle remarque faites-vous sur le nom des deux personnages ? Quel est l'effet produit ?

La description des lieux

Un récit comporte souvent des passages descriptifs, qui aident le lecteur à imaginer des objets, des personnages ou des lieux importants. La description présente les principales caractéristiques d'un être ou d'une chose ; elle peut faire appel aux différentes sensations (vue, ouïe, odorat, goût, toucher). Le narrateur peut donner une image positive (méliorative) ou négative (péjorative) de ce qu'il décrit.

12 Relisez les lignes 7 à 27.

a. À travers le regard et les sensations de quel personnage la description des lieux est-elle faite ?

b. Quels sont les deux sens évoqués dans cette description ?

c. L'atmosphère décrite est-elle agréable ou désagréable ? Relevez trois mots ou expressions qui justifient votre réponse.

d. Quelle est la réaction de Hindbad à cette atmosphère ? Vers quel personnage va-t-elle le conduire ?

La visée et les hypothèses de lecture

13 **a.** Sindbad est-il présent dans les premières lignes du récit ? Montrez, en vous appuyant sur le texte, que le destinataire (auditeur ou lecteur) le découvre progressivement. Quel est l'effet produit par cette présentation progressive du personnage principal ?

b. Relevez le passage qui fournit une indication sur le passé de Sindbad. Quel est l'intérêt de cette indication ?

14 Sindbad décide de raconter son histoire. Dans quel but ?

15 **a.** Pour quelle raison le personnage narrateur doit-il interrompre son récit ?

b. Qu'allait-il se passer pour Hindbad au moment où le récit est interrompu ? Ce moment est-il bien choisi ? Quel est l'effet produit ?

Se documenter

La fondation de Bagdad

En 762, Le calife al-Mansour décide de fonder la nouvelle capitale de son empire dans un site fertile, facile à défendre et propice au commerce. C'est à l'endroit où le Tigre vient couler au plus près de l'Euphrate qu'est construite la « Ville du Salut ».

Le palais du calife est situé au centre d'une enceinte circulaire de 2,5 km de diamètre, bordée d'un fossé, et percée de quatre portes monumentales.

La population, installée à l'extérieur des remparts, s'accroît si vite que Bagdad devient rapidement la plus grande ville du monde, avec près de deux millions d'habitants vers l'an 800.

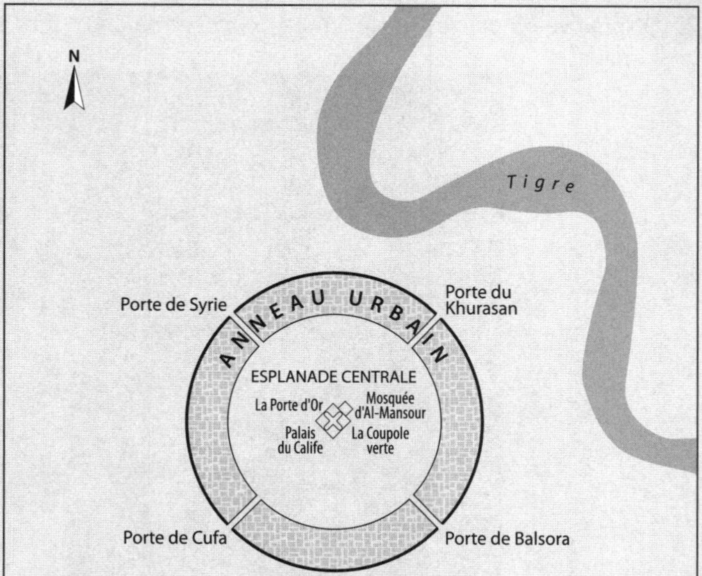

BAGDAD - PLAN GÉNÉRAL DE LA VILLE RONDE D'AL-MANSOUR

Étudier une image

Illustration de Léon Carré pour *Les Mille et Une Nuits*

16 Rappelez qui sont les trois personnages représentés (voir p. 4-5). Dans quel lieu se trouvent-ils ? À quel moment de la journée ?

17 Quel personnage se situe au-dessus des autres ? Quels éléments indiquent sa position sociale privilégiée ?

18 Étudiez l'attitude de chaque personnage : sur quoi chacun semble-t-il se concentrer ?

19 Observez la répartition des personnages, des objets et des éléments architecturaux (mur, fenêtre, sol…) : en quoi la composition de cette image fait-elle apparaître deux parties opposées ? Quelles sont les principales oppositions entre ces deux parties ? Quel personnage est mis en valeur par la composition de l'image ?

20 D'après vos réponses précédentes, proposez un autre titre à cette image.

Le Roi ne fut pas fâché d'entendre le conte de Scheherazade,
Léon Carré, 1926.

Sindbad le marin

Premier voyage

« J'avais hérité de ma famille des biens[1] considérables, j'en dissipai la meilleure partie dans les débauches[2] de ma jeunesse ; mais je revins de mon aveuglement, et, rentrant en moi-même, je reconnus que les richesses étaient périssables[3], et qu'on en voyait bientôt la fin quand on les ménageait aussi mal que je faisais[4]. Je pensai, de plus, que je consumais malheureusement dans une vie déréglée le temps[5], qui est la chose du monde la plus précieuse. Je considérai encore que c'était la dernière et la plus déplorable de toutes les misères que d'être pauvre dans la vieillesse. Je me souvins de ces paroles du grand Salomon, que j'avais autrefois ouï dire à mon père, qu'*il est moins fâcheux d'être dans le tombeau que dans la pauvreté.*

« Frappé de toutes ces réflexions, je ramassai les débris de mon patrimoine. Je vendis à l'encan[6] en plein marché tout ce que j'avais de meubles. Je me liai ensuite avec quelques marchands qui négociaient par mer. Je consultai ceux qui me parurent capables de me donner de bons conseils. Enfin, je résolus de faire profiter le peu d'argent qui me restait, et, dès que j'eus pris cette résolution, je ne tardai guère à l'exécuter. Je me rendis à Balsora[7], où je m'embarquai avec plusieurs marchands sur un vaisseau[8] que nous avions équipé à frais communs[9].

1. Des richesses.
2. Les excès.
3. Elles ne sont pas éternelles, on peut les perdre.
4. Quand on s'en occupait aussi mal que moi.
5. Je gaspillais mon temps.
6. Aux enchères, vendu au plus offrant.
7. Balsora, ou Bassora, était un port situé à l'embouchure du delta du Tigre et de l'Euphrate.
8. Un bateau.
9. En partageant les frais, les dépenses.

« Nous mîmes à la voile, et prîmes la route des Indes orientales par le golfe Persique, qui est formé par les côtes de l'Arabie Heureuse à la droite, et par celles de la Perse à la gauche, et dont la grande largeur est de soixante et dix lieues, selon la commune opinion. Hors de ce golfe, la mer du Levant, la même que celle des Indes, est très spacieuse : elle a d'un côté pour bornes les côtes d'Abyssinie[10] et quatre mille cinq cents lieues de longueur jusqu'aux îles de Vakvak[11]. Je fus d'abord incommodé de ce qu'on appelle le mal de mer ; mais ma santé se rétablit bientôt, et depuis ce temps-là je n'ai point été sujet à cette maladie.

« Dans le cours de notre navigation, nous abordâmes à plusieurs îles et nous y vendîmes ou échangeâmes nos marchandises. Un jour que nous étions à la voile, le calme nous prit vis-à-vis une petite île presque à fleur d'eau, qui ressemblait à une prairie par sa verdure. Le capitaine fit plier les voiles, et permit de prendre terre aux personnes de l'équipage qui voulurent y descendre. Je fus du nombre de ceux qui y débarquèrent. Mais, dans le temps que nous nous divertissions à boire et à manger, et à nous délasser de la fatigue de la mer, l'île trembla tout à coup, et nous donna une rude secousse… »

À ces mots, Scheherazade s'arrêta, parce que le jour commençait à paraître. Elle reprit ainsi son discours sur la fin de la nuit suivante :

LXXIe nuit

Sire, Sindbad, poursuivant son histoire : « On s'aperçut, dit-il, du tremblement de l'île dans le vaisseau, d'où l'on nous cria de nous rembarquer promptement ; que nous allions tous périr ;

10. L'Éthiopie.
11. Îles mystérieuses situées entre l'Inde et la Chine ou au large de Madagascar.

Les Mille et Une Nuits, illustration de Léon Carré, 1931.

que ce que nous prenions pour une île était le dos d'une baleine. Les plus diligents[12] se sauvèrent dans la chaloupe, d'autres se jetèrent à la nage. Pour moi, j'étais encore sur l'île, ou plutôt sur la baleine, lorsqu'elle se plongea dans la mer, et je n'eus que le temps de me prendre à une pièce de bois[13] qu'on avait apportée du vaisseau pour faire du feu. Cependant, le capitaine, après avoir reçu sur son bord les gens qui étaient dans la chaloupe et recueilli quelques-uns de ceux qui nageaient, voulut profiter d'un vent frais et favorable qui s'était levé ; il fait hausser les voiles, et m'ôta par là l'espérance de gagner le vaisseau.

« Je demeurai donc à la merci des flots[14], poussé tantôt d'un côté et tantôt d'un autre ; je disputai contre eux ma vie tout le reste du jour et de la nuit suivante. Je n'avais plus de force le lendemain, et je désespérais d'éviter la mort, lorsqu'une vague me jeta heureusement contre une île. Le rivage en était haut et escarpé, et j'aurais eu beaucoup de peine à y monter, si quelques racines d'arbres que la fortune semblait avoir conservées en cet endroit pour mon salut ne m'en eussent donné le moyen. Je m'étendis sur la terre, où je demeurai à demi mort, jusqu'à ce qu'il fit grand jour et que le soleil parut.

« Alors, quoique je fusse très faible à cause du travail de la mer, et parce que je n'avais pris aucune nourriture depuis le jour précédent, je ne laissai pas de[15] me traîner en cherchant des herbes bonnes à manger. J'en trouvai quelques-unes, et j'eus le bonheur de rencontrer une source d'eau excellente, qui ne contribua pas peu à me rétablir. Les forces m'étant revenues, je m'avançai dans l'île, marchant sans tenir de route assurée. J'entrai dans une belle plaine, où j'aperçus de loin un cheval qui paissait. Je portai mes pas de ce côté-là, flottant entre la crainte et la joie : car j'ignorais si je n'allais pas

12. Rapides.
13. Un morceau de bois.
14. Exposé aux dangers de la mer.
15. Je n'arrêtai pas de.

chercher ma perte plutôt qu'une occasion de mettre ma vie en sûreté. Je remarquai, en approchant, que c'était une cavale[16] attachée à un piquet. Sa beauté attira mon attention ; mais, pendant que je la regardais, j'entendis la voix d'un homme qui parlait sous terre. Un moment ensuite, cet homme parut, vint à moi, et me demanda qui j'étais. Je lui racontai mon aventure ; après quoi, me prenant par la main, il me fit entrer dans une grotte, où il y avait d'autres personnes qui ne furent pas moins étonnées de me voir que je l'étais de les trouver là.

« Je mangeai de quelques mets qu'ils me présentèrent ; puis, leur ayant demandé ce qu'ils faisaient dans un lieu qui me paraissait si désert, ils me répondirent qu'ils étaient palefreniers[17] du roi Mihrage[18], souverain de cette île ; que chaque année, dans la même saison, ils avaient coutume d'y amener les cavales du roi, qu'ils attachaient de la manière que je l'avais vu, pour les faire couvrir par un cheval marin qui sortait de la mer ; que le cheval marin, après les avoir couvertes, se mettait en état de les dévorer ; mais qu'ils l'en empêchaient par leurs cris, et l'obligeaient à rentrer dans la mer ; que, les cavales étant pleines, ils les ramenaient, et que les chevaux qui en naissaient étaient destinés pour le roi et appelés chevaux marins. Ils ajoutèrent qu'ils devaient partir le lendemain, et que, si je fusse arrivé un jour plus tard, j'aurais péri infailliblement, parce que les habitations étaient éloignées et qu'il m'eût été impossible d'y arriver sans guide.

« Tandis qu'ils m'entretenaient ainsi, le cheval marin sortit de la mer comme ils me l'avaient dit, se jeta sur la cavale, la couvrit et voulut ensuite la dévorer ; mais, au grand bruit que firent les palefreniers, il lâcha prise et alla se replonger dans la mer.

16. Une jument, un cheval femelle.
17. Personne qui s'occupe du soin des chevaux.
18. Ce nom est à rapprocher du mot sanskrit « Maharadjah », qui signifie « grand roi ».

« Le lendemain, ils reprirent le chemin de la capitale de l'île avec les cavales, et je les accompagnai. À notre arrivée, le roi Mihrage, à qui je fus présenté, me demanda qui j'étais et par quelle aventure je me trouvais dans ses États. Dès que j'eus pleinement satisfait sa curiosité, il me témoigna qu'il prenait beaucoup de part à mon malheur. En même temps, il ordonna qu'on eût soin de moi et que l'on me fournît toutes les choses dont j'aurais besoin. Cela fut exécuté de manière que j'eus sujet de me louer de sa générosité et de l'exactitude de ses officiers.

« Comme j'étais marchand, je fréquentai les gens de ma profession. Je recherchais particulièrement ceux qui étaient étrangers, tant pour apprendre d'eux des nouvelles de Bagdad que pour en trouver quelqu'un avec qui je pusse y retourner : car la capitale du roi Mihrage est située sur le bord de la mer, et a un beau port où il aborde tous les jours des vaisseaux de différents endroits du monde. Je cherchais aussi la compagnie des savants des Indes, et je prenais plaisir à les entendre parler ; mais cela ne m'empêchait pas de faire ma cour au roi très régulièrement, ni de m'entretenir avec des gouverneurs et de petits rois, ses tributaires[19], qui étaient auprès de sa personne. Ils me faisaient mille questions sur mon pays ; et, de mon côté, voulant m'instruire des mœurs[20] ou des lois de leurs États, je leur demandais tout ce qui me semblait mériter ma curiosité.

« Il y a sous la domination du roi Mihrage une île qui porte le nom de Cassel. On m'avait assuré qu'on y entendait toutes les nuits un son de timbales[21] ; ce qui a donné lieu à l'opinion qu'ont les matelots que Deggial[22] y fait sa demeure. Il me prit envie d'être témoin de cette merveille, et je vis dans mon voyage des poissons longs de cent et de deux cents coudées, qui font

19. Ceux qui dépendent de lui.
20. Les modes de vie, les coutumes.
21. Instrument de musique proche du tambour.
22. Être maléfique censé venir régner sur la terre à la fin du monde.

plus de peur que de mal. Ils sont si timides qu'on les fait fuir en frappant sur des ais[23]. Je remarquai d'autres poissons qui n'étaient que d'une coudée, et qui ressemblaient par la tête à des hiboux.

« À mon retour, comme j'étais un jour sur le port, un navire y vint aborder. Dès qu'il fut à l'ancre, on commença de décharger les marchandises ; et les marchands à qui elles appartenaient les faisaient transporter dans des magasins[24]. En jetant les yeux sur quelques ballots[25] et sur l'écriture qui marquait à qui ils étaient, je vis mon nom dessus, et, après les avoir attentivement examinés, je ne doutai pas que ce ne fussent ceux que j'avais fait charger sur le vaisseau où je m'étais embarqué à Balsora. Je reconnus même le capitaine ; mais comme j'étais persuadé qu'il me croyait mort, je l'abordai et lui demandai à qui appartenaient les ballots que je voyais. « J'avais sur mon bord, répondit-il, un marchand de Bagdad, qui se nommait Sindbad. Un jour que nous étions près d'une île, à ce qu'il nous paraissait, il mit pied à terre avec plusieurs passagers dans cette île prétendue, qui n'était autre chose qu'une baleine d'une grosseur énorme, qui s'était endormie à fleur d'eau. Elle ne se sentit pas plutôt échauffée par le feu qu'on avait allumé sur son dos pour faire la cuisine qu'elle commença de se mouvoir et de s'enfoncer dans la mer. La plupart des personnes qui étaient dessus se noyèrent, et le malheureux Sindbad fut de ce nombre. Ces ballots étaient à lui, et j'ai résolu de les négocier jusqu'à ce que je rencontre quelqu'un de sa famille à qui je puisse rendre le profit que j'aurai fait avec le principal. – Capitaine, lui dis-je alors, je suis ce Sindbad que vous croyez mort, et qui ne l'est pas ; ces ballots sont mon bien et ma marchandise… »

23. Planches de bois.
24. Ici, des entrepôts, des lieux où l'on range la marchandise.
25. Marchandises empaquetées, paquets.

Scheherazade n'en dit pas davantage cette nuit; mais elle continua le lendemain de cette sorte:

LXXIIe nuit

Sindbad, poursuivant son histoire, dit à la compagnie:

« Quand le capitaine du vaisseau m'entendit parler ainsi: « Grand Dieu! s'écria-t-il, à qui se fier aujourd'hui? Il n'y a plus de bonne foi parmi les hommes. J'ai vu de mes propres yeux périr Sindbad; les passagers qui étaient sur mon bord l'ont vu comme moi, et vous osez dire que vous êtes ce Sindbad? Quelle audace! À vous voir, il semble que vous soyez un homme de probité[26]; cependant vous dites une horrible fausseté pour vous emparer d'un bien qui ne vous appartient pas. – Donnez-vous patience, repartis-je au capitaine, et me faites la grâce d'écouter ce que j'ai à vous dire. – Hé bien! reprit-il, que diriez-vous? Parlez, je vous écoute. » Je lui racontai alors de quelle manière je m'étais sauvé, et par quelle aventure j'avais rencontré les palefreniers du roi Mihrage, qui m'avaient amené à sa cour.

« Il se sentit ébranlé de mon discours; mais il fut bientôt persuadé que je n'étais pas un imposteur: car il arriva des gens de son navire qui me reconnurent et me firent de grands compliments, en me témoignant la joie qu'ils avaient de me revoir. Enfin, il me reconnut aussi lui-même, et, se jetant à mon cou: « Dieu soit loué, me dit-il, de ce que vous êtes heureusement échappé d'un si grand danger! je ne puis assez vous marquer le plaisir que j'en ressens. Voilà votre bien, prenez-le, il est à vous; faites-en ce qu'il vous plaira. »

26. Un homme honnête, loyal.

Bateau sur l'Euphrate.

Je le remerciai, je louai sa probité, et, pour la reconnaître, je le priai d'accepter quelques marchandises que je lui présentai ; mais il les refusa.

« Je choisis ce qu'il y avait de plus précieux dans mes ballots, et j'en fis présent au roi Mihrage. Comme ce prince savait la disgrâce[27] qui m'était arrivée, il me demanda où j'avais pris des choses si rares. Je lui contai par quel hasard je venais de les recouvrer ; il eut la bonté de m'en témoigner de la joie ; il accepta mon présent et m'en fit de beaucoup plus considérables. Après cela, je pris congé de lui et me rembarquai sur le même vaisseau. Mais, avant mon embarquement, j'échangeai les marchandises qui me restaient contre d'autres du pays. J'emportai avec moi du bois d'aloès, du sandal, du camphre, de la muscade, du clou de girofle, du poivre et du gingembre.

27. Le malheur.

Nous passâmes par plusieurs îles, et nous abordâmes enfin à Balsora, d'où j'arrivai en cette ville avec la valeur d'environ cent mille sequins[28]. Ma famille me reçut, et je la revis avec tous les transports[29] que peut causer une amitié vive et sincère. J'achetai des esclaves de l'un et de l'autre sexe, de belles terres, et je fis une grosse maison. Ce fut ainsi que je m'établis, résolu d'oublier les maux que j'avais soufferts et de jouir des plaisirs de la vie.

Sindbad, s'étant arrêté en cet endroit, ordonna aux joueurs d'instruments de recommencer leurs concerts, qu'il avait interrompus par le récit de son histoire. On continua jusqu'au soir de boire et de manger, et, lorsqu'il fut temps de se retirer, Sindbad se fit apporter une bourse de cent sequins, et, la donnant au porteur : « Prenez, Hindbad, lui dit-il ; retournez chez vous, et revenez demain entendre la suite de mes aventures. » Le porteur se retira fort confus de l'honneur et du présent qu'il venait de recevoir. Le récit qu'il en fit au logis fut très agréable à sa femme et à ses enfants, qui ne manquèrent pas de remercier Dieu du bien que la Providence leur faisait par l'entremise de Sindbad[30].

Hindbad s'habilla le lendemain plus proprement que le jour précédent, et retourna chez le voyageur libéral, qui le reçut d'un air riant et lui fit mille caresses. Dès que les conviés furent tous arrivés, on servit et l'on tint table fort longtemps. Le repas fini, Sindbad prit la parole, et, s'adressant à la compagnie : « Messeigneurs, dit-il, je vous prie de me donner audience et de vouloir bien écouter les aventures de mon second voyage ; elles sont plus dignes de votre attention que celles du premier. » Tout le monde garda le silence, et Sindbad parla en ces termes : [...]

28. Monnaie en or.
29. Les émotions (sens ancien).
30. Par l'intermédiaire de Sindbad.

Questions

Repérer et analyser

La situation d'énonciation

1 **a.** Remplissez le tableau ci-dessous.
b. Soulignez dans les extraits les verbes qui indiquent une prise de parole.

Extraits	**Énonciateur** Qui prononce ces paroles ?	**Destinataire** À qui sont adressées ces paroles ?	**Justification** Quels sont les indices qui m'ont permis de répondre ?
« Scheherazade n'en dit pas davantage cette nuit ; mais elle continua le lendemain de cette sorte : … »			
« Sindbad, poursuivant son histoire, dit à la compagnie : … »			
« Capitaine, lui dis-je alors, je suis ce Sindbad que vous croyez mort. »			

c. Répondez aux questions suivantes.
– Qui est la narratrice ? À qui raconte-t-elle l'histoire de Sindbad ?
– Devant quels personnages Sindbad raconte-t-il son histoire ? Dans quel lieu et dans quelles circonstances ? Appuyez-vous sur la fin de l'extrait précédent (p. 13) et sur les lignes 219 à 230.
– À qui Sindbad s'adresse-t-il lignes 168-169 ?

2 Justifiez la présence d'italiques à la fin du premier paragraphe puis donnez le sens du passage.

La progression du récit

Le déroulement d'un récit peut souvent être présenté en cinq étapes principales, qui constituent le schéma narratif :
- la situation initiale présente les personnages, le cadre, les circonstances de l'action ;
- l'élément déclencheur est un événement qui vient modifier la stabilité de la situation initiale ;
- les actions s'enchaînent : aventures du personnage principal, épreuves… ;
- la résolution, ou dénouement, est le dernier événement qui permet au personnage principal de mettre fin à ses aventures ;
- la situation finale présente le retour à un nouvel état de stabilité, bon ou mauvais.

3 **a.** D'après la première phrase, dites quelle est la situation de Sindbad au début du récit. Cette situation initiale est-elle favorable ou défavorable ?
b. De quoi Sindbad prend-il conscience ?
c. Quelle décision prend-il alors ?
4 **a.** Présentez en une phrase chaque étape de ce premier voyage. Quelle est la principale épreuve que Sindbad doit surmonter ?
b. Quel personnage Sindbad retrouve-t-il sur le port de la capitale du roi Mihrage ? Ce personnage le reconnaît-il immédiatement ? En quoi cette reconnaissance est-elle importante pour Sindbad ?
5 **a.** Relevez la phrase de conclusion dans laquelle Sindbad présente la situation finale.
b. Cette nouvelle situation est-elle meilleure ou moins bonne que la situation initiale ? Justifiez votre réponse.
6 À quel temps dominant le récit de Sindbad est-il mené ? Quelle est la valeur de ce temps ?

Le cadre

7 **a.** Relevez les lieux mentionnés dans le troisième paragraphe (l. 23 à 33).
b. Ces lieux sont-ils réels ou imaginaires ? Pour répondre, reportez-vous à la carte, p. 7.
c. Selon vous, dans quel but Sindbad donne-t-il toutes ces précisions géographiques ?

Les personnages

Le personnage de Sindbad

8 **a.** D'après le premier paragraphe, de quels défauts Sindbad fait-il preuve durant sa jeunesse ?
b. Nommez trois qualités principales dont Sindbad fait preuve au cours de son voyage. Justifiez votre réponse en citant le texte.

9 Selon vous, la chance aide-t-elle souvent Sindbad ? Citez au moins deux passages différents qui justifient votre réponse.

10 Sindbad préfère-t-il le confort ou l'aventure ? Justifiez votre réponse en citant le texte.

Les personnages secondaires

11 **a.** Citez les différents personnages humains rencontrés par Sindbad au cours de son voyage (l. 84 à 134). Connaît-on le nom de tous ces personnages ?
b. Ces personnages sont-ils décrits précisément ? Pourquoi ?

Réalisme et merveilleux

Les marchandises et les êtres exotiques

Dans l'histoire de Sindbad le marin, les éléments réalistes se mêlent souvent aux éléments merveilleux. Les éléments réalistes sont ceux que l'on pourrait trouver dans la réalité ; les éléments merveilleux sont inexplicables, ils relèvent du surnaturel.

12 **a.** Relevez et définissez les sept sortes de marchandises que Sindbad rapporte de l'île du roi Mihrage.
b. D'après vos réponses aux questions 7 et 12a, diriez-vous que les lieux et les marchandises évoqués par Sindbad dans ce premier voyage sont réels ou imaginaires ?

13 **a.** Relevez les différents êtres surnaturels rencontrés par Sindbad.
b. Peut-on dire que ces êtres surnaturels ont une influence directe sur les aventures de Sindbad ? Justifiez votre réponse.
c. En conclusion, dans ce premier voyage, le merveilleux constitue-t-il un élément essentiel de l'action ou bien un élément du décor ?

La visée

14 **a.** Pour quelle raison Scheherazade doit-elle interrompre deux fois son récit du premier voyage de Sindbad ?
b. En quoi ces interruptions sont-elles un moyen de stimuler la curiosité de son interlocuteur et du lecteur ?

Écrire

Développer un passage du récit

15 Au cours du Premier voyage, Sindbad le marin s'est rendu sur l'île de Cassel, afin de découvrir l'origine des bruits nocturnes entendus par les matelots. Pourtant, il ne raconte pas au porteur Hindbad ce qu'il a trouvé sur cette île. Mettez-vous à sa place. Vous intégrerez dans votre narration, qui sera conduite à la première personne, des éléments descriptifs précis (description du paysage, portrait du mystérieux personnage...) et vous emploierez les temps du passé (passé simple/imparfait).

Se documenter

Le commerce fluvial et maritime au temps de Sindbad

Dès sa fondation (voir p. 17), Bagdad, située au centre de l'empire musulman qui s'étend de l'Inde à l'Espagne, devient une véritable plaque tournante du commerce mondial. Le commerce emprunte les fleuves : le Nil en Afrique, la Volga en Europe, mais surtout le Tigre et l'Euphrate, qui relient Bagdad au port maritime de Balsora, la porte de l'Extrême-Orient (voir la carte, p. 7).
Les marchands, munis de pièces d'identité, s'embarquent toujours à plusieurs. Pour commercer avec l'Inde ou la Chine, les navires sont dépendants de la mousson : ils quittent le golfe persique en janvier, et rentrent vers le mois de juillet.

Sindbad le marin

Second voyage

« J'avais résolu[1] après mon premier voyage, de passer tranquillement le reste de mes jours à Bagdad, comme j'eus l'honneur de vous le dire hier. Mais je ne fus pas longtemps sans m'ennuyer d'une vie oisive[2] ; l'envie de voyager et de négocier par mer me reprit : j'achetai des marchandises propres à faire le trafic[3] que je méditais, et je partis une seconde fois avec d'autres marchands dont la probité[4] m'était connue. Nous nous embarquâmes sur un bon navire, et, après nous être recommandés à Dieu, nous commençâmes notre navigation.

« Nous allions d'île en île, et nous y faisions des trocs[5] fort avantageux. Un jour, nous descendîmes en l'une, qui était couverte de plusieurs sortes d'arbres fruitiers, mais si déserte que nous n'y découvrîmes aucune habitation, et même pas une âme[6]. Nous allâmes prendre l'air dans les prairies et le long des ruisseaux qui les arrosaient.

« Pendant que les uns se divertissaient à cueillir des fleurs et les autres des fruits, je pris mes provisions et du vin que j'avais apporté et m'assis près d'une eau coulant entre de grands arbres qui formaient un bel ombrage[7]. Je fis un assez bon repas de ce que j'avais ; après quoi le sommeil vint s'emparer de mes sens. Je ne vous dirai pas si je dormis longtemps ; mais, quand je me réveillai, je ne vis plus le navire à l'ancre… »

1. J'avais pris la décision.
2. Une vie inactive.
3. Le commerce.
4. L'honnêteté, la loyauté.
5. Des échanges de marchandises.
6. Personne, pas un être humain.
7. L'ombre que donne le feuillage.

Là, Scheherazade fut obligée d'interrompre son récit, parce qu'elle vit que le jour paraissait ; mais la nuit suivante elle continua de cette manière le second voyage de Sindbad :

LXXIIIe nuit

« Je fus bien étonné, dit Sindbad, de ne plus voir le vaisseau à l'ancre ; je me levai, je regardai de toutes parts et je ne vis pas un des marchands qui étaient descendus dans l'île avec moi. J'aperçus seulement le navire à la voile, mais si éloigné que je le perdis de vue peu de temps après.

« Je vous laisse à imaginer les réflexions que je fis dans un état si triste. Je pensai mourir de douleur. Je poussai des cris épouvantables ; je me frappai la tête, et me jetai par terre, où je demeurai longtemps abîmé dans une confusion mortelle de pensées toutes plus affligeantes les unes que les autres. Je me reprochai cent fois de ne m'être pas contenté de mon premier voyage, qui devait m'avoir fait perdre pour jamais l'envie d'en faire d'autres. Mais tous mes regrets étaient inutiles et mon repentir[8] hors de saison.

« À la fin, je me résignai à la volonté de Dieu, et, sans savoir ce que je deviendrais, je montai au haut d'un grand arbre, d'où je regardai de tous côtés pour voir si je ne découvrirais rien qui pût me donner quelque espérance. En jetant les yeux sur la mer, je ne vis que de l'eau et le ciel ; mais, ayant aperçu du côté de la terre quelque chose de blanc, je descendis de l'arbre, et, avec ce qui me restait de vivres[9], je marchai vers cette blancheur, qui était si éloignée que je ne pouvais pas bien distinguer ce que c'était.

« Lorsque j'en fus à une distance raisonnable, je remarquai que c'était une boule blanche d'une hauteur et d'une

8. Mes remords.

9. Des provisions.

grosseur prodigieuses. Dès que j'en fus près, je la touchai et la trouvai fort douce. Je tournai à l'entour pour voir s'il n'y avait point d'ouverture ; je n'en pus découvrir aucune, et il me parut qu'il était impossible de monter dessus, tant elle était unie. Elle pouvait avoir cinquante pas en rondeur.

« Le soleil alors était prêt à se coucher. L'air s'obscurcit tout à coup comme s'il eût été couvert d'un nuage épais. Mais, si je fus étonné de cette obscurité, je le fus bien davantage quand je m'aperçus que ce qui la causait était un oiseau d'une grandeur et d'une grosseur extraordinaires, qui s'avançait de mon côté en volant. Je me souvins d'un oiseau appelé roc[10] dont j'avais souvent ouï parler aux matelots, et je conçus que la grosse boule que j'avais tant admirée devait être un œuf de cet oiseau. En effet, il s'abattit et se posa dessus, comme pour le couver. En le voyant venir, je m'étais serré fort près de l'œuf[11], de sorte que j'eus devant moi un des pieds de l'oiseau, et ce pied était aussi gros qu'un gros tronc d'arbre. Je m'y attachai fortement avec la toile dont mon turban était environné[12], dans l'espérance que le roc, lorsqu'il reprendrait son vol le lendemain, m'emporterait hors de cette île déserte. Effectivement, après avoir passé la nuit en cet état,

10. Gigantesque oiseau légendaire du Nord de Madagascar.
11. Je m'étais serré *tout* près, *très* près de l'œuf.
12. Le tissu qui entourait mon turban.

d'abord qu'il fut jour[13], l'oiseau s'envola et m'enleva si haut que je ne voyais plus la terre ; puis il descendit tout à coup avec tant de rapidité que je ne me sentais pas. Lorsque le roc fut posé et que je me vis à terre, je déliai promptement[14] le nœud qui me tenait attaché à son pied. J'avais à peine achevé de me détacher qu'il donna du bec sur un serpent d'une longueur inouïe[15]. Il le prit et s'envola aussitôt.

« Le lieu où il me laissa était une vallée très profonde, environnée[16] de toutes parts de montagnes si hautes qu'elles se perdaient dans la nue[17], et tellement escarpées[18] qu'il n'y avait aucun chemin par où l'on y pût monter. Ce fut un nouvel embarras pour moi, et, comparant cet endroit à l'île déserte que je venais de quitter, je trouvai que je n'avais rien gagné au change.

En marchant par cette vallée, je remarquai qu'elle était parsemée de diamants, dont il y en avait d'une grosseur surprenante ; je pris beaucoup de plaisir à les regarder ; mais j'aperçus bientôt de loin des objets qui diminuèrent fort ce plaisir, et que je ne pus voir sans effroi[19]. C'étaient un grand nombre de serpents si gros et si longs qu'il n'y en avait pas un qui n'eût englouti un éléphant. Ils se retiraient pendant le jour dans leurs antres[20], où ils se cachaient à cause du roc leur ennemi, et ils n'en sortaient que la nuit.

« Je passai la journée à me promener dans la vallée, et à me reposer de temps en temps dans les endroits les plus commodes. Cependant le soleil se coucha ; et, à l'entrée de la nuit, je me retirai dans une grotte où je jugeai que je serais en sûreté[21]. J'en bouchai l'entrée, qui était basse et étroite,

13. Dès que le jour se leva.
14. Rapidement, vite.
15. D'une longueur incroyable, extraordinaire.
16. Entourée.
17. Le ciel.
18. En pentes raides, à pic.
19. Grande peur.
20. Une caverne, une grotte.
21. En sécurité.

« Histoire de Sindbad le marin », illustration de Léon Carré, 1931.

avec une pierre assez grosse pour me garantir des serpents[22], mais qui n'était pas assez juste pour empêcher qu'il n'y entrât un peu de lumière. Je soupai[23] d'une partie de mes provisions, au bruit des serpents qui commencèrent à paraître. Leurs affreux sifflements me causèrent une frayeur extrême et ne me permirent pas, comme vous pouvez penser, de passer la nuit fort tranquillement. Le jour étant venu, les serpents se retirèrent. Alors je sortis de ma grotte en tremblant, et je puis dire que je marchai longtemps sur des diamants sans en avoir la moindre envie. À la fin, je m'assis, et, malgré l'inquiétude dont j'étais agité, comme je n'avais pas fermé l'œil de toute la nuit, je m'endormis après avoir fait encore un repas de mes provisions. Mais j'étais à peine assoupi[24] que quelque chose qui tomba près de moi avec un grand bruit me réveilla. C'était une grosse pièce[25] de viande fraîche, et, dans le moment, j'en vis rouler plusieurs autres du haut des rochers en différents endroits.

« J'avais toujours tenu pour un conte fait à plaisir[26] ce que j'avais ouï dire plusieurs fois à des matelots et à d'autres personnes touchant la vallée des diamants, et l'adresse[27] dont se servaient quelques marchands pour en tirer ces pierres précieuses. Je connus bien qu'ils m'avaient dit la vérité. En effet, ces marchands se rendent auprès de cette vallée dans le temps que les aigles ont des petits[28]. Ils découpent de la viande et la jettent par grosses pièces dans la vallée ; les diamants sur la pointe desquels elles tombent s'y attachent. Les aigles, qui sont en ce pays-là plus forts qu'ailleurs, vont fondre sur ces pièces de viande, et les emportent dans leurs nids au haut

22. Pour me protéger des serpents.
23. Je dînai, je pris le repas du soir.
24. Endormi.
25. Un gros morceau.
26. Un conte, une histoire que les gens aiment raconter.
27. L'habileté.
28. À l'époque où les aigles ont des petits.

des rochers pour servir de pâture à leurs aiglons. Alors les marchands, courant aux nids, obligent, par leurs cris, les aigles à s'éloigner, et prennent les diamants qu'ils trouvent attachés aux pièces de viande. Ils se servent de cette ruse parce qu'il n'y a pas d'autre moyen de tirer les diamants de cette vallée, qui est un précipice[29] dans lequel on ne saurait descendre.

« J'avais cru jusque-là qu'il ne me serait pas possible de sortir de cet abîme[30], que je regardais comme mon tombeau ; mais je changeai de sentiment ; et ce que je venais de voir me donna lieu d'imaginer le moyen de conserver ma vie… »

Le jour qui parut en cet endroit imposa silence à Scheherazade ; mais elle poursuivit cette histoire le lendemain.

LXXIVe nuit

Sire, dit-elle en s'adressant toujours au sultan des Indes, Sindbad continua de raconter les aventures de son second voyage à la compagnie qui l'écoutait :

« Je commençai, dit-il, par amasser[31] les plus gros diamants qui se présentèrent à mes yeux, et j'en remplis la bourse de cuir qui m'avait servi à mettre les provisions de bouche. Je pris ensuite la pièce de viande qui me parut la plus longue, et l'attachai fortement autour de moi avec la toile de mon turban, et en cet état je me couchai le ventre contre terre, la bourse de cuir attachée à ma ceinture de manière qu'elle ne pouvait tomber.

29. Un gouffre, une vallée très profonde.
30. Un gouffre dont la profondeur est impossible à mesurer.
31. Rassembler, accumuler.

« Je ne fus pas plus tôt en cette situation que les aigles vinrent ; chacune se saisit d'une pièce de viande qu'elle emporta ; et une des plus puissantes, m'ayant enlevé de même avec le morceau de viande dont j'étais enveloppé, me porta au haut de la montagne jusque dans son nid. Les marchands ne manquèrent point alors de crier pour épouvanter les aigles ; et, lorsqu'ils les eurent obligés à quitter leur proie, un d'entre eux s'approcha de moi ; mais il fut saisi de crainte quand il m'aperçut. Il se rassura pourtant, et, au lieu de s'informer par quelle aventure je me trouvais là, il commença de me quereller en me demandant pourquoi je lui ravissais son bien[32]. « Vous me parlerez, lui dis-je, avec plus d'humanité lorsque vous m'aurez mieux connu. Consolez-vous, ajoutai-je ; j'ai des diamants pour vous et pour moi plus que n'en peuvent avoir tous les autres marchands ensemble. S'ils en ont, ce n'est que par hasard ; mais j'ai choisi moi-même, au fond de la vallée, ceux que j'apporte dans cette bourse que vous voyez. » En disant cela, je la lui montrai. Je n'avais pas achevé de parler que les autres marchands qui m'aperçurent s'attroupèrent autour de moi, fort étonnés de me voir, et j'augmentai leur surprise par le récit de mon histoire. Ils n'admirèrent pas tant le stratagème[33] que j'avais imaginé pour me sauver que ma hardiesse[34] à le tenter.

« Ils m'emmenèrent au logement où ils demeuraient tous ensemble ; et là, ayant ouvert ma bourse en leur présence, la grosseur de mes diamants les surprit, et ils m'avouèrent que dans toutes les cours où ils avaient été ils n'en avaient pas vu un qui en approchât. Je priai le marchand à qui appartenait le nid où j'avais été transporté, car chaque marchand avait

32. Pourquoi je lui volais ce qu'il possédait.

33. Une ruse habile.
34. Le courage.

le sien, je le priai, dis-je, d'en choisir pour sa part autant qu'il en voudrait. Il se contenta d'en prendre un seul, encore le prit-il des moins gros ; et, comme je le pressais d'en recevoir d'autres sans craindre de me faire tort : « Non, me dit-il ; je suis fort satisfait de celui-ci, qui est assez précieux pour m'épargner la peine de faire désormais d'autres voyages pour l'établissement de ma petite fortune. »

« Je passai la nuit avec ces marchands, à qui je racontai une seconde fois mon histoire pour la satisfaction de ceux qui ne l'avaient pas entendue. Je ne pouvais modérer ma joie quand je faisais réflexion que j'étais hors des périls dont je vous ai parlé. Il me semblait que l'état où je me trouvai était un songe[35], et je ne pouvais croire que je n'eusse plus rien à craindre.

« Il y avait déjà plusieurs jours que les marchands jetaient des pièces de viande dans la vallée, et, comme chacun paraissait content des diamants qui lui étaient échus, nous partîmes le lendemain tous ensemble, et nous marchâmes par de hautes montagnes où il y avait des serpents d'une longueur prodigieuse, que nous eûmes le bonheur d'éviter. Nous gagnâmes le premier port, d'où nous passâmes à l'île de Roha[36], où croît l'arbre[37] dont on tire le camphre[38] et qui est si gros et si touffu que cent hommes y peuvent être à l'ombre aisément[39]. Le suc[40] dont se forme le camphre coule par une ouverture que l'on fait au haut de l'arbre, et se reçoit dans un vase où il prend consistance et devient ce qu'on appelle camphre. Le suc ainsi tiré, l'arbre se sèche et meurt.

« Il y a dans la même île des rhinocéros, qui sont des animaux plus petits que l'éléphant et plus grands que le buffle ; ils ont une corne sur le nez, longue environ d'une coudée ; cette corne

35. Un rêve.
36. Sans doute la plaine Rayang, lieu d'échanges commerciaux avec les Chinois (voir p. 7).
37 Où pousse l'arbre.
38. Substance aromatique.
39. Facilement.
40. La sève.

est solide et coupée par le milieu d'une extrémité à l'autre. On voit dessus des traits blancs qui représentent la figure d'un homme. Le rhinocéros se bat avec l'éléphant, le perce de sa corne par-dessous le ventre, l'enlève et le porte sur sa tête ; mais, comme le sang et la graisse de l'éléphant lui coulent sur les yeux et l'aveuglent, il tombe par terre, et, ce qui va vous étonner, le roc vient, qui les enlève tous deux entre ses griffes et les emporte pour nourrir ses petits.

« Je passe sous silence plusieurs autres particularités de cette île, de peur de vous ennuyer. J'y échangeai quelques-uns de mes diamants contre de bonnes marchandises. De là, nous allâmes à d'autres îles ; et enfin, après avoir touché à plusieurs villes[41] marchandes de terre ferme, nous abordâmes à Balsora, d'où je me rendis à Bagdad. J'y fis d'abord de grandes aumônes[42] aux pauvres, et je jouis honorablement du reste des richesses immenses que j'avais apportées et gagnées avec tant de fatigues. »

Ce fut ainsi que Sindbad raconta son second voyage. Il fit donner encore cent sequins à Hindbad, qu'il invita à venir le lendemain entendre le récit du troisième. Les conviés retournèrent chez eux, et revinrent le jour suivant à la même heure, de même que le porteur, qui avait déjà presque oublié sa misère passée. On se mit à table, et, après le repas, Sindbad, ayant demandé audience[43], fit de cette sorte le détail de son troisième voyage : [...]

41. Après avoir rejoint plusieurs villes.
42. Je donnai beaucoup d'argent.
43. Ayant demandé que l'on fasse attention à ses paroles.

Questions

Repérer et analyser

La situation d'énonciation

1 Rappelez la situation d'énonciation.
a. Qui est la narratrice ? À qui raconte-t-elle l'histoire de Sindbad ?
b. Devant quels personnages Sindbad raconte-t-il son histoire ? Dans quel lieu et dans quelles circonstances ? Appuyez-vous notamment sur la fin de l'extrait.

Les forces en présence ou le schéma actantiel

Le schéma actantiel permet d'identifier différentes forces qui ont une influence sur un personnage que l'on nomme le sujet. Il convient de se demander :
- quel est le destinateur (ce qui pousse le sujet à agir : ce peut être un autre personnage, un sentiment…) ?
- quel est l'objet de la quête (ce que cherche à obtenir le sujet) ?
- qui sont les adjuvants et les opposants (personnages ou objets qui aident le sujet à réussir sa mission ou l'en empêchent) ?
- qui est le bénéficiaire (celui à qui profite la quête : le sujet lui-même, un autre personnage…) ?

2 Reconstituez le schéma actantiel pour Sindbad (sujet).
a. Qu'est-ce qui pousse Sindbad à reprendre la mer ? Que recherche-t-il ? Citez le texte. Comparez ces raisons à celles qui avaient poussé Sindbad à effectuer son premier voyage (voir p. 19). Quelle différence constatez-vous ?
b. Quelle pièce de vêtement permet à Sindbad de quitter l'île où il a échoué ? De quelle façon et combien de fois l'utilise-t-il ?
c. Nommez les personnages qui aident Sindbad, et expliquez en quoi leur action lui est favorable.
d. Quels éléments suggèrent que le destin de Sindbad est influencé par Dieu ?
e. Quels personnages s'opposent à Sindbad ? De quelle façon ?
f. De retour à Bagdad, comment Sindbad utilise-t-il une partie de sa fortune ? De quelle qualité fait-il preuve par cette action ? Cette qualité s'exprime aussi à l'égard d'un autre personnage. Lequel ? Citez le texte.

Le parcours de Sindbad

Au cours de ses aventures, le personnage principal est souvent confronté à des épreuves, qu'il doit surmonter afin de prouver sa valeur. Le triomphe du sujet permet de mettre en avant ses qualités et de faire ainsi de lui un héros.

3 **a.** Pourquoi Sindbad se retrouve-t-il abandonné sur une île ?
b. Lors de son premier voyage, à quel moment a-t-il déjà vécu une situation comparable ?

4 **a.** Lorsque Sindbad se rend compte qu'il a été « oublié » sur l'île, quelle est sa première réaction ?
b. Relevez les mots et expressions qui soulignent l'intensité de la souffrance de Sindbad.
c. Selon vous, Sindbad se ressaisit-il rapidement ? Citez le texte.

5 Le champ lexical

Un champ lexical est un ensemble de mots qui développent une même idée. Exemple : les mots « voir », « distinguer », « regard », « vision », « visible » et « apparent » font partie du champ lexical de la vue.

a. Relevez les mots et expressions appartenant au champ lexical de la peur dans les lignes 32 à 36.
b. Quel danger menace Sindbad ?
c. De quelle façon se protège-t-il de ce danger ?
d. Quels sont les effets de la peur sur le comportement de Sindbad ?

La description

Une description peut être faite d'après un point de vue fixe : on parle alors de description fixe. Si l'observateur se déplace, on parlera de description en mouvement.

6 Relisez les lignes 45 à 56.
a. Quel est l'objet décrit ? Relevez ses principales caractéristiques.
b. La description est-elle fixe ou en mouvement ? Justifiez votre réponse en citant le texte.
c. Quels sont les deux principaux sens évoqués dans cette description ?

7 **a.** Relevez les différents groupes nominaux employés par le narrateur pour nommer et caractériser l'objet décrit.

b. Y a-t-il une progression dans la précision de la description ? Justifiez votre réponse.
c. À quel moment de la description comprend-on ce qui est décrit ?

Réalisme et merveilleux

Le cadre

8 **a.** Relevez le lieu mentionné ligne 208.
b. Ce lieu est-il réel ou imaginaire ? Pour répondre, reportez-vous à la carte, p. 7.

Les marchandises exotiques

9 **a.** Quelles sont les deux richesses naturelles de l'île de Roha ?
b. Les informations données par Sindbad sur l'extraction du camphre sont-elles exactes ?

Les êtres exotiques

10 **a.** Relisez la description du rhinocéros. Les informations fournies sont-elles exactes ou imaginaires ?
b. Selon vous, les lecteurs de l'époque croyaient-ils à ce type de description ? Pourquoi ?

11 La comparaison

Pour présenter un personnage, un objet… de façon imagée, et permettre ainsi au lecteur de mieux se le représenter, le narrateur peut employer des comparaisons. Une comparaison est une figure de style qui rapproche deux éléments : le comparé (élément que l'on compare) et le comparant (élément auquel on le compare) pour en souligner la ressemblance (leur point commun). Elle est introduite par un outil de comparaison (comme, tel que, ressembler à, etc.). Exemple : la mer (comparé) est comme (outil) un miroir (comparant) ; point commun : brillance, reflets, miroitements.

a. Quel animal fabuleux Sindbad rencontre-t-il ? Relevez et analysez, en remplissant le tableau ci-dessous, une comparaison employée par le narrateur pour caractériser cet animal.
b. Quelle image cette comparaison donne-t-elle de l'animal ? En quoi est-il hors du commun ?

Comparé	Comparant	Point commun	Outil de comparaison

c. En quoi Sindbad va-t-il tirer parti de cet animal fabuleux ?

12 **a.** Quelle caractéristique hors du commun les êtres et les objets de cette île merveilleuse partagent-ils ? Citez le texte.

b. L'existence de l'oiseau roc et de la vallée des diamants était-elle connue de Sindbad avant son voyage ?

c. Quels personnages transmettent ces connaissances ?

Les hypothèses de lecture

13 Lisez le dernier paragraphe.

a. Quelles actions déjà effectuées par Sindbad ou ses « conviés » à la fin du récit de son premier voyage sont répétées ici ?

b. Quels mots soulignent cette répétition ?

c. D'après vous, cette régularité va-t-elle se poursuivre dans les autres voyages ? Pourquoi ?

Étudier la langue

Autour du mot « aigle »

14 **a.** Selon vous, le nom « aigle » est-il masculin ou féminin (voir par exemple lignes 132 à 135).

b. Relevez, dans les lignes 160 à 162, deux pronoms qui représentent le nom « aigles ». Quel est le genre grammatical de ces pronoms ?

c. Recherchez dans un dictionnaire le sens du mot « aigle » au féminin.

d. Pourquoi, selon vous, le choix de ce genre se justifie-t-il dans ce passage ?

Sindbad le marin

Troisième voyage

« J'eus bientôt perdu, dit-il, dans les douceurs de la vie que je menais, le souvenir des dangers que j'avais courus dans mes deux voyages ; mais, comme j'étais à la fleur de mon âge[1], je m'ennuyai de vivre dans le repos ; et, m'étourdissant sur les nouveaux périls[2] que je voulais affronter, je partis de Bagdad avec de riches marchandises du pays, que je fis transporter à Balsora. Là, je m'embarquai encore avec d'autres marchands. Nous fîmes une longue navigation, et nous abordâmes à plusieurs ports, où nous fîmes un commerce considérable[3].

« Un jour que nous étions en pleine mer, nous fûmes battus d'une tempête horrible qui nous fit perdre notre route. Elle continua plusieurs jours, et nous poussa devant le port d'une île où le capitaine aurait fort souhaité de se dispenser d'entrer ; mais nous fûmes bien obligés d'y aller mouiller[4]. Lorsqu'on eut plié les voiles, le capitaine nous dit : « Cette île et quelques autres voisines sont habitées par des sauvages tout velus[5] qui vont venir nous assaillir[6]. Quoique ce soient des nains, notre malheur veut que nous ne fassions pas la moindre résistance, parce qu'ils sont en plus grand nombre que les sauterelles, et que, s'il nous arrivait d'en tuer quelqu'un, ils se jetteraient tous sur nous et nous assommeraient. »

Le jour, qui vint éclairer l'appartement de Schahriar, empêcha Scheherazade d'en dire davantage. La nuit suivante, elle reprit la parole en ces termes :

1. En pleine jeunesse.
2. Les dangers.
3. Très important.
4. Terme de navigation, jeter l'ancre, arrêter le bateau.
5. Poilus.
6. Attaquer, donner l'assaut.

LXXVe nuit

« Le discours du capitaine, dit Sindbad, mit tout l'équipage dans une grande consternation[7], et nous connûmes bientôt que ce qu'il venait de nous dire n'était que trop véritable. Nous vîmes paraître une multitude innombrable de sauvages hideux[8], couverts par tout le corps d'un poil roux, et hauts seulement de deux pieds[9]. Ils se jetèrent à la nage et environnèrent en peu de temps notre vaisseau. Ils nous parlaient en approchant ; mais nous n'entendions pas leur langage[10]. Ils se prirent aux bords et aux cordages du navire, et grimpèrent de tous côtés jusqu'au tillac[11] avec une si grande agilité et avec tant de vitesse qu'il ne paraissait pas qu'ils posassent leurs pieds.

« Nous leur vîmes faire cette manœuvre avec la frayeur que vous pouvez vous imaginer, sans oser nous mettre en défense, ni leur dire un seul mot pour tâcher de les détourner de leur dessein[12], que nous soupçonnions être funeste[13]. Effectivement, ils déplièrent les voiles, coupèrent le câble et l'ancre sans se donner la peine de la tirer ; et, après avoir fait approcher de terre le vaisseau, ils nous firent tous débarquer. Ils emmenèrent ensuite le navire en une autre île d'où ils étaient venus. Tous les voyageurs évitaient avec soin celle où nous étions alors, et il était très dangereux de s'y arrêter pour la raison que vous allez entendre ; mais il nous fallut prendre notre mal en patience.

7. Désolation, accablement, désespoir, abattement.
8. Horribles, laids.
9. Un pied est une unité de mesure égale à 0,3248 mètres. Donc ces nains mesurent à peu près 0,65 mètre.
10. Nous ne comprenions pas leur langage.
11. Terme ancien de navigation, le pont supérieur d'un navire.
12. Leur projet, leur intention.
13. Mortel, fatal, dangereux.

« Nous nous éloignâmes du rivage, et, en nous avançant dans l'île, nous trouvâmes quelques fruits et des herbes, dont nous mangeâmes pour prolonger le dernier moment de notre vie le plus qu'il nous était possible : car nous nous attendions tous à une mort certaine. En marchant, nous aperçûmes assez loin de nous un grand édifice[14], vers où nous tournâmes nos pas. C'était un palais bien bâti et fort élevé, qui avait une porte d'ébène[15] à deux battants, que nous ouvrîmes en la poussant. Nous entrâmes dans la cour, et nous vîmes en face un vaste appartement avec un vestibule[16], où il y avait, d'un côté, un monceau d'ossements[17] humains, et, de l'autre, une infinité de broches à rôtir. Nous tremblâmes à ce spectacle, et, comme nous étions fatigués d'avoir marché, les jambes nous manquèrent : nous tombâmes par terre, saisis d'une frayeur mortelle, et nous y demeurâmes très longtemps immobiles.

« Le soleil se couchait ; et, tandis que nous étions dans l'état pitoyable que je viens de vous dire, la porte de l'appartement s'ouvrit avec beaucoup de bruit, et aussitôt nous en vîmes sortir une horrible figure d'homme noir de la hauteur d'un grand palmier. Il avait au milieu du front un seul œil rouge et ardent comme un charbon allumé ; les dents de devant, qu'il avait fort longues et fort aiguës, lui sortaient de la bouche, qui n'était pas moins fendue que celle d'un cheval ; et la lèvre inférieure lui descendait sur la poitrine. Ses oreilles ressemblaient à celles d'un éléphant et lui couvraient les épaules. Il avait les ongles crochus et longs comme les griffes des plus grands oiseaux. À la vue d'un géant si effroyable, nous perdîmes tous connaissance, et demeurâmes comme morts.

14. Un bâtiment.
15. Une porte en bois d'ébène (un bois très sombre et très dur).
16. Une pièce d'entrée, l'entrée du palais.
17. Un tas d'os.

Les Mille et Une Nuits, illustration de Pierre Luc.

« À la fin, nous revînmes à nous, et nous le vîmes assis sous le vestibule, qui nous examinait de tout son œil. Quand il nous eut bien considérés, il s'avança vers nous, et, s'étant approché, il étendit la main sur moi, me prit par la nuque du col, et tourna de tous côtés, comme un boucher qui manie une tête de mouton. Après m'avoir bien regardé, voyant que j'étais si maigre que je n'avais que la peau et les os, il me lâcha. Il prit les autres tour à tour, les examina de la même manière, et, comme le capitaine était le plus gras de tout l'équipage, il le tint d'une main ainsi que j'aurais tenu un moineau, et lui passa une broche au travers du corps ; ayant ensuite allumé un grand feu, il le fit rôtir, et le mangea à son souper, dans l'appartement où il s'était retiré. Ce repas achevé, il revint sous le vestibule, où il se coucha et s'endormit en ronflant d'une manière plus bruyante que le tonnerre. Son sommeil dura jusqu'au lendemain matin. Pour nous, il ne nous fut pas possible de goûter la douceur du repos, et nous passâmes la nuit dans la plus cruelle inquiétude dont on puisse être agité. Le jour étant venu, le géant se réveilla, se leva, sortit, et nous laissa dans le palais.

« Lorsque nous le crûmes éloigné, nous rompîmes le triste silence que nous avions gardé toute la nuit, et, nous affligeant tous comme à l'envi l'un de l'autre[18], nous fîmes retentir le palais de plaintes et de gémissements. Quoique nous fussions en assez grand nombre et que nous n'eussions qu'un seul ennemi, nous n'eûmes pas d'abord la pensée de nous délivrer de lui par sa mort. Cette entreprise[19], bien que fort difficile à exécuter, était pourtant celle que nous devions naturellement former.

« Nous délibérâmes[20] sur plusieurs autres partis, mais nous ne nous déterminâmes[21] à aucun, et, nous soumettant à ce qu'il plairait à Dieu d'ordonner de notre sort, nous passâmes la journée à parcourir l'île en nous nourrissant de fruits et de plantes comme le jour précédent. Sur le soir, nous cherchâmes quelque endroit à nous mettre à couvert ; mais nous n'en trouvâmes point, et nous fûmes obligés malgré nous de retourner au palais.

18. Nous plaignant tous les uns les autres à qui mieux mieux (chacun essaie sans cesse de plaindre son compagnon plus que lui-même).

19. Ce projet, cette intention, ce dessein.
20. Réfléchir ensemble pour prendre une décision (prendre un *parti*).
21. Choisir une solution.

« Le géant ne manqua pas d'y revenir et de souper encore d'un de nos compagnons, après quoi il s'endormit et ronfla jusqu'au jour, qu'il sortit, et nous laissa comme il avait déjà fait. Notre condition[22] nous parut si affreuse que plusieurs de nos camarades furent sur le point d'aller se précipiter dans la mer, plutôt que d'attendre une mort si étrange ; et ceux-là excitaient les autres à suivre leur conseil. Mais un de la compagnie, prenant alors la parole : « Il nous est défendu, dit-il, de nous donner nous-mêmes la mort ; et, quand cela serait permis, n'est-il pas plus raisonnable que nous songions au moyen de nous défaire[23] du barbare qui nous destine à un trépas si funeste[24] ? »

« Comme il m'était venu dans l'esprit un projet sur cela, je le communiquai à mes camarades, qui l'approuvèrent. « Mes frères, leur dis-je alors, vous savez qu'il y a beaucoup de bois le long de la mer ; si vous m'en croyez, construisons plusieurs radeaux qui puissent nous porter, et, dès qu'ils seront achevés, nous les laisserons sur la côte jusqu'à ce que nous jugions à propos de nous en servir. Cependant, nous exécuterons le dessein que je vous ai proposé pour nous délivrer du géant : s'il réussit, nous pourrons attendre ici avec patience qu'il passe quelque vaisseau qui nous retire de cette île fatale ; si au contraire nous manquons notre coup, nous gagnerons promptement[25] nos radeaux, et nous nous mettrons en mer. J'avoue qu'en nous exposant à la fureur des flots[26] sur de si fragiles bâtiments[27], nous courons risque de perdre la vie ; mais, quand nous devrions périr, n'est-il pas plus doux de nous laisser ensevelir[28] dans la mer que dans les entrailles[29] de ce monstre,

22. Notre situation, notre état.
23. Nous débarrasser de.
24. Qui nous réserve une mort si terrible.
25. Rapidement.
26. En nous soumettant aux dangers de la mer.
27. Ici, des bateaux si fragiles (Sindbad parle des radeaux).
28. Engloutir.
29. L'intérieur du ventre.

qui a déjà dévoré deux de nos compagnons ? » Mon avis fut goûté de tout le monde[30], et nous construisîmes des radeaux capables de porter trois personnes.

Nous retournâmes au palais vers la fin du jour, et le géant y arriva peu de temps après nous. Il fallut encore nous résoudre à voir rôtir un de nos camarades. Mais enfin voici de quelle manière nous nous vengeâmes de la cruauté du géant. Après qu'il eut achevé son détestable souper, il se coucha sur le dos et s'endormit. D'abord que[31] nous l'entendîmes ronfler selon sa coutume, neuf des plus hardis d'entre nous et moi, nous prîmes chacun une broche, nous en mîmes la pointe dans le feu pour la faire rougir, et ensuite nous la lui enfonçâmes dans l'œil en même temps, et nous le lui crevâmes.

« La douleur que sentit le géant lui fit pousser un cri effroyable. Il se leva brusquement, et étendit les mains de tous côtés pour se saisir de quelqu'un de nous, afin de le sacrifier à sa rage ; mais nous eûmes le temps de nous éloigner de lui, et de nous jeter contre terre dans des endroits où il ne pouvait nous rencontrer sous ses pieds. Après nous avoir cherchés vainement, il trouva la porte à tâtons et sortit avec des hurlements épouvantables… »

Scheherazade n'en dit pas davantage cette nuit ; mais la nuit suivante elle reprit ainsi cette histoire :

LXXVIe nuit

« Nous sortîmes du palais après le géant, poursuivit Sindbad, et nous nous rendîmes au bord de la mer dans l'endroit où étaient nos radeaux. Nous les mîmes d'abord à l'eau, et nous

30. Mon idée plut à tout le monde.
31. Expression vieillie, dès que, juste au moment où, au moment même où.

attendîmes qu'il fît jour pour nous jeter dessus, supposé que nous vissions le géant venir à nous avec quelque guide de son espèce[32] ; mais nous nous flattions que, s'il ne paraissait pas lorsque le soleil serait levé, et que nous n'entendissions plus ses hurlements, que nous ne cessions pas d'ouïr, ce serait une marque[33] qu'il aurait perdu la vie, et, en ce cas, nous nous proposions de rester dans l'île et de ne pas nous risquer sur nos radeaux. Mais à peine fut-il jour que nous aperçûmes notre cruel ennemi, accompagné de deux géants à peu près de sa grandeur qui le conduisaient, et d'un assez grand nombre d'autres encore qui marchaient devant lui à pas précipités.

« À cet objet, nous ne balançâmes point[34] à nous jeter sur nos radeaux, et nous commençâmes à nous éloigner du rivage à force de rames. Les géants, qui s'en aperçurent, se munirent[35] de grosses pierres, accoururent sur la rive, entrèrent même dans l'eau jusqu'à la moitié du corps, et nous les jetèrent si adroitement qu'à la réserve[36] du radeau sur lequel j'étais tous les autres en furent brisés, et les hommes qui étaient dessus se noyèrent. Pour moi et mes deux compagnons, comme nous ramions de toutes nos forces, nous nous trouvâmes les plus avancés dans la mer et hors de la portée des pierres.

« Quand nous fûmes en pleine mer, nous devînmes le jouet du vent et des flots qui nous jetaient tantôt d'un côté, et tantôt d'un autre, et nous passâmes ce jour-là et la nuit suivante dans une cruelle incertitude de notre destinée ; mais le lendemain nous eûmes le bonheur d'être poussés contre une île où nous nous sauvâmes avec bien de la joie. Nous y trouvâmes d'excellents fruits, qui nous furent d'un grand secours pour réparer les forces que nous avions perdues.

32. Au cas où nous aurions vu le géant s'approcher de nous guidé par un autre géant comme lui.
33. Ici, une preuve, un signe.
34. De ce fait, nous n'hésitâmes pas.
35. Prirent.
36. Sauf, excepté.

« Sur le soir, nous nous endormîmes sur le bord de la mer ; mais nous fûmes réveillés par le bruit qu'un serpent long comme un palmier faisait de ses écailles en rampant sur la terre. Il se trouva si près de nous qu'il engloutit un de mes deux camarades, malgré les cris et les efforts qu'il put faire pour se débarrasser du serpent, qui, le secouant à plusieurs reprises, l'écrasa contre terre et acheva de l'avaler. Nous prîmes aussitôt la fuite, l'autre camarade et moi ; et, quoique nous fussions assez éloignés, nous entendîmes, quelque temps après, un bruit qui nous fit juger que le serpent rendait[37] les os du malheureux qu'il avait surpris. En effet, nous les vîmes le lendemain avec horreur ; « Ô Dieu ! m'écriai-je alors, à quoi nous sommes-nous exposés ! Nous nous réjouissions hier d'avoir dérobé nos vies à la cruauté d'un géant et à la fureur des eaux, et nous voilà tombés dans un péril[38] qui n'est pas moins terrible. »

« Nous remarquâmes, en nous promenant, un gros arbre fort haut, sur lequel nous projetâmes de[39] passer la nuit suivante pour nous mettre en sûreté. Nous mangeâmes encore

37. Vomissait, recrachait.
38. Un danger.
39. Décider de (passer la nuit).

des fruits comme le jour précédent ; et, à la fin du jour, nous montâmes sur l'arbre. Nous entendîmes bientôt le serpent, qui vint en sifflant jusqu'au pied de l'arbre où nous étions. Il s'éleva contre le tronc, et, rencontrant mon camarade qui était plus bas que moi, il l'engloutit tout d'un coup, et se retira.

« Je demeurai sur l'arbre jusqu'au jour, et alors j'en descendis plus mort que vif[40]. Effectivement, je ne pouvais attendre un autre sort que celui de mes deux compagnons, et, cette pensée me faisant frémir[41] d'horreur, je fis quelques pas pour m'aller jeter dans la mer ; mais, comme il est doux de vivre le plus longtemps qu'on peut, je résistai à ce mouvement de désespoir, et me soumis à la volonté de Dieu qui dispose à son gré[42] de nos vies.

« Je ne laissai pas toutefois d'amasser une grande quantité de menu bois, de ronces et d'épines sèches. J'en fis plusieurs fagots[43] que je liai ensemble, après en avoir fait un grand cercle autour de l'arbre, et j'en liai quelques-uns en travers par-dessus pour me couvrir la tête. Cela étant fait, je m'enfermai dans ce cercle à l'entrée de la nuit, avec la triste consolation de n'avoir rien négligé pour me garantir du cruel sort qui me menaçait. Le serpent ne manqua pas de revenir et de tourner autour de l'arbre, cherchant à me dévorer ; mais il n'y put réussir à cause du rempart que je m'étais fabriqué, et il fit en vain[44], jusqu'au jour, le manège d'un chat qui assiège une souris dans un asile[45] qu'il ne peut forcer. Enfin, le jour étant venu, il se retira ; mais je n'osai sortir de mon fort que le soleil ne parût.

« Je me trouvai si fatigué du travail[46] qu'il m'avait donné, j'avais tant souffert de son haleine empestée, que, la mort me paraissant préférable à cette horreur, je m'éloignai

40. Plus mort que vivant (Sindbad est terrorisé, mort de peur).
41. Trembler.
42. Selon sa volonté, comme il le veut.
43. Un petit tas de branches attachées ensemble.
44. Sans réussir.
45. Ici, un lieu où l'on est en sécurité.
46. Sens ancien, la souffrance, la peine.

de l'arbre ; et, sans me souvenir de la résignation[47] où j'étais le jour précédent, je courus vers la mer dans le dessein de m'y précipiter la tête la première… »

À ces mots Scheherazade, voyant qu'il était jour, cessa de parler. Le lendemain, elle continua cette histoire, et dit au sultan :

LXXVIIe nuit

Sire, Sindbad, poursuivant son troisième voyage :

« Dieu, dit-il, fut touché de mon désespoir : dans le temps que j'allais me jeter dans la mer, j'aperçus un navire assez éloigné du rivage. Je criai de toute ma force pour me faire entendre, et je dépliai la toile de mon turban pour qu'on me remarquât. Cela ne fut pas inutile : tout l'équipage m'aperçut, et le capitaine m'envoya la chaloupe. Quand je fus à bord, les marchands et les matelots me demandèrent avec beaucoup d'empressement par quelle aventure je m'étais trouvé dans cette île déserte ; et, après que je leur eus raconté tout ce qui m'était arrivé, les plus anciens me dirent qu'ils avaient plusieurs fois entendu parler des géants qui demeuraient dans cette île ; qu'on leur avait assuré que c'étaient des anthropophages[48], et qu'ils mangeaient les hommes crus aussi bien que rôtis. À l'égard des serpents, ils ajoutèrent qu'il y en avait en abondance[49] dans cette île ; qu'ils se cachaient le jour, et se montraient la nuit. Après qu'ils m'eurent témoigné[50] qu'ils avaient bien de la joie de me voir échappé de tant de périls,

47. Le fait d'accepter de faire quelque chose sans en avoir envie, contre son gré.
48. Cannibales, qui mangent de la chair humaine.
49. Beaucoup, en grande quantité.
50. Ici, exprimé.

comme ils ne doutaient pas que je n'eusse besoin de manger, ils s'empressèrent de me régaler de ce qu'ils avaient de meilleur; et le capitaine, remarquant que mon habit était tout en lambeaux[51], eut la générosité de m'en faire donner un des siens.

« Nous courûmes la mer[52] quelque temps; nous touchâmes à plusieurs îles, et nous abordâmes enfin à celle de Salahat, d'où l'on tire le santal[53], qui est un bois de grand usage dans la médecine. Nous entrâmes dans le port, et nous y mouillâmes. Les marchands commencèrent à faire débarquer leurs marchandises pour les vendre ou les échanger. Pendant ce temps-là, le capitaine m'appela et me dit: « Frère, j'ai en dépôt des marchandises qui appartenaient à un marchand qui a navigué quelque temps sur mon navire. Comme ce marchand est mort, je les fais valoir, pour en rendre compte à ses héritiers[54] lorsque j'en rencontrerai quelqu'un. » Les ballots dont il entendait parler étaient déjà sur le tillac. Il me les montra en me disant: « Voilà les marchandises en question; j'espère que vous voudrez bien vous charger d'en faire commerce, sous la condition du droit dû à la peine que vous prendrez.[55] » J'y consentis, en le remerciant de ce qu'il me donnait occasion de ne pas demeurer oisif.

« L'écrivain du navire enregistrait tous les ballots avec les noms des marchands à qui ils appartenaient. Comme il demandait au capitaine sous quel nom il voulait qu'il enregistrât ceux dont il venait de me charger: « Écrivez, lui répondit le capitaine, sous le nom de Sindbad le marin. » Je ne pus

51. En loques (ses vêtements sont abîmés, déchirés).
52. Nous parcourûmes la mer.
53. Bois connu et recherché pour son parfum (et ses propriétés médicales).
54. Je les fais fructifier pour remettre les gains à ses héritiers (à chaque étape de ses voyages, le marchand échange toujours les marchandises contre d'autres plus intéressantes pour les revendre ou les échanger ailleurs, et faire augmenter la valeur de son stock, ou de sa fortune).
55. Vous serez payé pour votre peine.

m'entendre nommer sans émotion ; et, envisageant le capitaine, je le reconnus pour celui qui, dans mon second voyage, m'avait abandonné dans l'île où je m'étais endormi au bord d'un ruisseau, et qui avait remis à la voile sans m'attendre ou me faire chercher. Je ne me l'étais pas remis d'abord à cause du changement qui s'était fait en sa personne depuis le temps que je ne l'avais vu.

« Pour lui, qui me croyait mort, il ne faut pas s'étonner s'il ne me reconnut pas. « Capitaine, lui dis-je, est-ce que le marchand à qui étaient ces ballots s'appelait Sindbad ? – Oui, me répondit-il, il se nommait de la sorte ; il était de Bagdad, et il s'était embarqué sur mon vaisseau à Balsora. Un jour que nous descendîmes dans une île pour faire de l'eau[56] et prendre quelques rafraîchissements, je ne sais par quelle méprise je remis à la voile sans prendre garde qu'il ne s'était pas embarqué avec les autres. Nous ne nous en aperçûmes, les marchands et moi, que quatre heures après. Nous avions le vent en poupe[57], et si frais qu'il ne nous fut pas possible de revirer de bord pour aller le reprendre. – Vous le croyez donc mort ? repris-je. – Assurément, repartit-il. – Hé bien ! capitaine, lui répliquai-je, ouvrez les yeux, et connaissez[58] ce Sindbad que vous laissâtes dans cette île déserte ! Je m'endormis au bord d'un ruisseau, et, quand je me réveillai, je ne vis plus personne de l'équipage. » À ces mots, le capitaine s'attacha à me regarder[59]… »

Scheherazade, en cet endroit, s'apercevant qu'il était jour, fut obligée de garder le silence. Le lendemain, elle reprit ainsi le fil de sa narration :

56. Pour aller faire des provisions d'eau potable.
57. Le vent soufflait par l'arrière du bateau, qui se nomme la *poupe* (par opposition à la *proue* : l'avant), il leur fut donc impossible de faire demi-tour.
58. Ici, reconnaissez.
59. Le capitaine me regarda attentivement.

LXXVIIIe nuit

« Le capitaine, dit Sindbad, après m'avoir fort attentivement considéré, me reconnut enfin. « Dieu soit loué ! s'écria-t-il en m'embrassant ; je suis ravi que la fortune[60] ait réparé ma faute. Voilà vos marchandises que j'ai toujours pris soin de conserver et de faire valoir dans tous les ports où j'ai abordé. Je vous les rends avec le profit que j'en ai tiré. » Je les pris, en témoignant au capitaine toute la reconnaissance que je lui devais.

« De l'île de Salahat[61], nous allâmes à une autre, où je me fournis de clous de girofle, de cannelle et d'autres épiceries. Quand nous nous en fûmes éloignés, nous vîmes une tortue qui avait vingt coudées[62] en longueur et en largeur ; nous remarquâmes aussi un poisson qui tenait de la vache ; il avait du lait, et sa peau est d'une si grande dureté qu'on en fait ordinairement des boucliers. J'en vis un autre qui avait la figure et la couleur d'un chameau. Enfin, après une longue navigation, j'arrivai à Balsora, et de là je revins en ville de Bagdad avec tant de richesses que j'en ignorais la quantité. J'en donnai encore aux pauvres une partie considérable, et j'ajoutai d'autres grandes terres à celles que j'avais déjà acquises.[63] »

Sindbad acheva ainsi l'histoire de son troisième voyage. Il fit donner ensuite cent autres sequins à Hindbad, en l'invitant au repas du lendemain et au récit du quatrième voyage. Hindbad et la compagnie se retirèrent ; et, le jour suivant étant revenu, Sindbad prit la parole sur la fin du dîner, et continua ses aventures.

60. Le destin, la chance, le hasard.
61. Île voisine de Java, en Indonésie (voir p. 7).
62. Vingt fois 0,50 m = 10 mètres.
63. Ici, achetées.

Questions

Repérer et analyser

La situation d'énonciation

1 Rappelez la situation d'énonciation.
a. À qui Scheherazade s'adresse-t-elle ?
b. À quel moment termine-t-elle son récit ? À quel moment le reprend-elle ? Citez le texte.

2 Relevez une expression qui montre que le récit de Sindbad est un récit oral. À qui s'adresse-t-il ?

Le parcours de Sindbad

Les épreuves

3 Pour quelles raisons Sindbad décide-t-il de reprendre la mer ? Citez le texte. Comparez ces raisons à celles qui l'avaient poussé à effectuer son deuxième voyage (voir la question 2a, p. 43). Quelle différence constatez-vous ?

4 **a.** Faites la liste des différents dangers auxquels sont confrontés Sindbad et ses compagnons (sur mer, sur la première île, sur la seconde île : personnages rencontrés, tempêtes…).
b. Quels risques courent-ils à chaque fois ?
c. Quelles ressources naturelles leur permettent de survivre ?

5 **a.** Quels différents stratagèmes Sindbad invente-t-il pour venir à bout de chacune des épreuves ?
b. Quelle pièce de vêtement permet à Sindbad de signaler sa présence lorsqu'il est sur la seconde île ? Est-ce la première fois que cet accessoire lui permet de se sortir d'une situation délicate ?

6 Expliquez de quelle façon Sindbad récupère les marchandises qu'il avait perdues lors de son précédent voyage.

Les qualités de Sindbad

7 De quelles qualités intellectuelles Sindbad fait-il preuve dans l'ensemble de cet épisode ?

8 **a.** Sindbad devient-il plus sage en vieillissant ? Justifiez votre réponse en citant le texte.
b. Quelle bonne action Sindbad accomplit-il de retour à Bagdad ?

La description

Degré de l'adjectif et comparaison

Pour décrire, le narrateur peut faire varier le degré d'intensité de l'adjectif, notamment à l'aide de comparatifs d'égalité (aussi… que), de supériorité (plus… que), d'infériorité (moins… que).

9 **a.** Relevez une comparaison employée par le capitaine pour caractériser les « sauvages ».
b. À quels animaux ces personnages sont-ils comparés ? Pour quelle raison ?
c. Documentez-vous sur le récit biblique des sept plaies d'Égypte. À quel fléau ces personnages sont-ils associés par cette comparaison ?
d. Relevez l'expression qui indique que cette comparaison présente un comparatif de supériorité.

10 Relisez le passage des lignes 76 à 95.
a. Relevez les deux comparaisons employées par le narrateur et analysez-les en remplissant le tableau ci-dessous (voir p. 45).

Comparé	Comparant	Point commun	Outil de comparaison

b. Quel point commun y a-t-il entre les deux comparants ? Quelle image est donnée des personnages victimes du géant ?

Le portrait du géant

La description d'un personnage s'appelle un portrait. Le narrateur, par le choix des termes, permet de donner une image positive (méliorative) ou bien négative (péjorative) du personnage décrit.

11 **a.** Délimitez le paragraphe consacré au portrait du géant, en précisant à quelles lignes il débute et se termine. Quel est le temps dominant utilisé ?
b. Quelle image le narrateur donne-t-il du géant ? Pour répondre, complétez le tableau page suivante. Dans la deuxième colonne, vous soulignerez les comparaisons.

Parties du corps décrites	Caractérisation

Le merveilleux

12 **a.** Quels étranges personnages attaquent le navire lorsque les navigateurs vont s'abriter d'une tempête dans le port d'une île ?
b. Quelles sont les principales caractéristiques de ces personnages ?

13 **a.** L'existence du géant anthropophage et des serpents géants est-elle connue ou inconnue des autres voyageurs ? Justifiez votre réponse en citant le texte.
b. De quelle façon se transmettent ces connaissances ?

14 **a.** Relevez les différents animaux surnaturels croisés par Sindbad lors de son retour vers Bagdad.
b. Quelles sont leurs principales caractéristiques ?

Lire et comparer

Ulysse et le Cyclope

Connaissez-vous les aventures d'Ulysse, le célèbre guerrier grec qui cherche à retourner dans son royaume d'Ithaque ?
Bien avant Sindbad, lui aussi va être confronté à un terrible géant anthropophage, le Cyclope Polyphème. Voici comment le rusé Ulysse raconte sa vengeance : il commence par faire boire du vin au monstre jusqu'à l'ivresse, puis…

Il tomba à la renverse. Il gisait, courbant son cou monstrueux, et le sommeil qui dompte tout le saisit ; de sa gorge jaillirent le vin et des morceaux de chair humaine, et il vomissait ainsi, plein de vin. Aussitôt je mis l'épieu sous la cendre pour l'échauffer. Je rassurai mes compagnons, de peur qu'épouvantés ils ne m'abandonnent. Puis, comme l'épieu d'olivier, bien que vert,

allait s'enflammer, je le retirai du feu. Mes compagnons étaient autour de moi et un dieu nous inspirait un grand courage. Ayant saisi l'épieu d'olivier, ils en appuyèrent la pointe sur le globe de l'œil ; moi, pesant dessus de tout mon poids, je le faisais tourner sur lui-même : quand on fore le bois d'un navire avec une tarière, on enroule au pied de l'instrument une courroie sur laquelle on tire des deux côtés pour la mouvoir, et elle vire toujours en la même place ; ainsi nous tournions l'épieu enflammé dans son œil. Le sang chaud jaillissait autour de la pointe brûlante, et la vapeur de sa pupille en feu brûla ses paupières et son sourcil ; les racines de l'œil grésillaient sous la flamme. Quand un forgeron trempe une grande hache ou une cognée dans l'eau froide pour la durcir, le métal siffle fortement ; mais ensuite, grande est la résistance du fer. Ainsi sifflait l'œil du monstre autour de l'épieu d'olivier.

Il poussa un hurlement épouvantable dont les rochers répercutèrent l'écho. Nous nous enfuîmes, épouvantés.

Homère, *L'Odyssée*, extrait du chant IX,
adapté et traduit du grec par Michel Woronoff, Éd. Casterman.

15 Comparez cet extrait de *L'Odyssée* d'Homère aux lignes 143 à 160.

a. Quelle est l'œuvre la plus ancienne ?

b. Quels sont les principaux points communs et les principales différences des deux extraits ?

c. Comment expliquez-vous la ressemblance des deux situations ?

S'exprimer à l'oral

Faire le portrait d'un monstre

16 Vous avez été confronté(e) à un terrible monstre. Racontez oralement devant la classe votre découverte, en décrivant précisément l'aspect physique du monstre, afin de susciter le dégoût et la peur de ceux qui vous écoutent.

Sindbad le marin

Quatrième voyage

« Les plaisirs, dit-il, et les divertissements que je pris après mon troisième voyage n'eurent pas des charmes assez puissants pour me déterminer à[1] ne pas voyager davantage. Je me laissai encore entraîner à la passion de trafiquer[2] et de voir des choses nouvelles. Je mis donc ordre à mes affaires, et, ayant fait un fonds de marchandises de débit[3] dans les lieux où j'avais dessein d'aller, je partis. Je pris la route de la Perse, dont je traversai plusieurs provinces, et j'arrivai à un port de la mer où je m'embarquai. Nous mîmes à la voile[4], et nous avions déjà touché à plusieurs ports de terre ferme et à quelques îles orientales lorsque, faisant un jour un grand trajet, nous fûmes surpris d'un coup de vent qui obligea le capitaine à faire amener les voiles[5] et à donner tous les ordres nécessaires pour prévenir le danger[6] dont nous étions menacés. Mais toutes nos précautions furent inutiles ; la manœuvre ne réussit pas bien ; les voiles furent déchirées en mille pièces, et le vaisseau, ne pouvant plus être gouverné, donna sur une sèche[7], et se brisa de manière qu'un grand nombre de marchands et de matelots se noyèrent, et que la charge périt[8]... »

Scheherazade en était là quand elle vit paraître le jour. Elle s'arrêta, et Schahriar se leva. La nuit suivante, elle reprit ainsi le quatrième voyage :

1. Me décider à.
2. Ici, faire du commerce.
3. Marchandises à vendre.
4. Hisser les voiles d'un navire afin de naviguer, mettre les voiles.
5. Ôter les voiles du mât pour arrêter le navire.
6. S'arranger pour éviter le danger.
7. Le bateau alla s'échouer sur un rocher qui sortait de l'eau.
8. Les marchandises coulèrent.

LXXIXe nuit

« J'eus le bonheur, continua Sindbad, de même que plusieurs autres marchands et matelots, de me prendre à une planche[9]. Nous fûmes tous emportés par un courant vers une île qui était devant nous. Nous y trouvâmes des fruits et de l'eau de source qui servirent à rétablir nos forces. Nous nous y reposâmes même la nuit dans l'endroit où la mer nous avait jetés, sans avoir pris aucun parti sur ce que nous devions faire. L'abattement où nous étions de notre disgrâce nous en avait empêchés[10].

« Le jour suivant, d'abord que le soleil fut levé, nous nous éloignâmes du rivage ; et, nous avançant dans l'île, nous y aperçûmes des habitations, où nous nous rendîmes. À notre arrivée, des noirs vinrent à nous en très grand nombre ; ils nous environnèrent, se saisirent de nos personnes, en firent une espèce de partage, et nous conduisirent ensuite dans leurs maisons.

« Nous fûmes menés, cinq de mes camarades et moi, dans un même lieu. D'abord on nous fit asseoir, et l'on nous servit d'une certaine herbe, en nous invitant par signes à en manger. Mes camarades, sans faire réflexion que ceux qui la servaient n'en mangeaient pas, ne consultèrent que leur faim qui les pressait, et se jetèrent dessus ces mets avec avidité. Pour moi, par un pressentiment de quelque supercherie[11], je ne voulus pas seulement en goûter, et je m'en trouvai bien : car, peu de temps après, je m'aperçus que l'esprit avait tourné à mes compagnons[12], et qu'en me parlant ils ne savaient ce qu'ils disaient.

9. M'accrocher à une planche.
10. Nous étions si découragés par notre malheur que nous n'étions pas arrivés à prendre une décision.
11. Sindbad devine qu'un mauvais coup se prépare.
12. Mes amis étaient devenus fous.

– « On nous servit ensuite du riz préparé avec de l'huile de coco, et mes camarades, qui n'avaient plus de raison, en mangèrent extraordinairement. J'en mangeai aussi, mais fort peu. Les noirs nous avaient d'abord présenté de cette herbe pour nous troubler l'esprit, et nous ôter par là le chagrin que la triste connaissance de notre sort nous devait causer ; et ils nous donnaient du riz pour nous engraisser. Comme ils étaient anthropophages, leur intention était de nous manger quand nous serions devenus gras. C'est ce qui arriva à mes camarades, qui ignoraient leur destinée parce qu'ils avaient perdu leur bon sens. Puisque j'avais conservé le mien, vous jugez bien, Seigneurs, qu'au lieu d'engraisser comme les autres je devins encore plus maigre que je n'étais. La crainte de la mort, dont j'étais incessamment[13] frappé, tournait en poison tous les aliments que je prenais. Je tombai dans une langueur[14] qui me fut fort salutaire : car les noirs, ayant assommé et mangé mes compagnons, en demeurèrent là ; et, me voyant sec, décharné, malade, il remirent ma mort à un autre temps.

« Cependant j'avais beaucoup de liberté, et l'on ne prenait presque pas garde à mes actions. Cela me donna lieu de m'éloigner un jour des habitations des noirs et de me sauver. Un vieillard qui m'aperçut, et qui se douta de mon dessein, me cria de toute sa force de revenir ; mais, au lieu de lui obéir, je redoublai mes pas, et je fus bientôt hors de sa vue. Il n'y avait alors que ce vieillard dans les habitations ; tous les autres noirs s'étaient absentés et ne devaient revenir que sur la fin du jour, ce qu'ils avaient coutume de faire assez souvent. C'est pourquoi, étant assuré qu'ils ne seraient plus à temps de courir après moi lorsqu'ils apprendraient ma fuite, je marchai jusqu'à la nuit, que je m'arrêtai pour prendre un peu de repos

13. Sans cesse, sans arrêt, toujours.
14. Une faiblesse, une fatigue physique (et parfois morale).

et manger de quelques vivres dont j'avais fait provision. Mais je repris bientôt mon chemin, et continuai de marcher pendant sept jours, en évitant les endroits qui me paraissaient habités. Je vivais de cocos[15], qui me fournissaient en même temps de quoi boire et de quoi manger.

« Le huitième jour, j'arrivai près de la mer, et j'aperçus tout à coup des gens blancs comme moi, occupés à cueillir du poivre, dont il y avait là une grande abondance. Leur occupation me fut de bon augure, et je ne fis nulle difficulté à m'approcher d'eux... »

Scheherazade n'en dit pas davantage cette nuit, et, la suivante, elle poursuivit dans ces termes :

LXXXe nuit

« Les gens qui cueillaient du poivre, continua Sindbad, vinrent au-devant de moi. Dès qu'ils me virent, ils me demandèrent en arabe qui j'étais et d'où je venais. Ravi de les entendre parler comme moi, je satisfis volontiers leur curiosité en leur racontant de quelle manière j'avais fait naufrage et étais venu dans cette île, où j'étais tombé entre les mains des noirs. « Mais ces noirs, me dirent-ils, mangent les hommes ! Par quel miracle êtes-vous échappé à leur cruauté ? » Je leur fis le même récit que vous venez d'entendre, et ils en furent merveilleusement étonnés.

« Je demeurai avec eux jusqu'à ce qu'ils eussent amassé la quantité de poivre qu'ils voulurent ; après quoi ils me firent embarquer sur le bâtiment qui les avait amenés, et nous nous rendîmes dans une autre île d'où ils étaient venus. Ils me

15. Je restais en vie en me nourrissant de noix de coco.

présentèrent à leur roi, qui était un bon prince. Il eut la patience d'écouter le récit de mon aventure, qui le surprit. Il me fit donner ensuite des habits et commanda qu'on eût soin de moi.

« L'île où je me trouvais était fort peuplée et abondante en toutes sortes de choses, et l'on faisait un grand commerce dans la ville où le roi demeurait. Cet agréable asile commença à me consoler de mon malheur ; et les bontés que ce généreux prince avait pour moi achevèrent de me rendre content. En effet, il n'y avait personne qui fût mieux que moi dans son esprit, et par conséquent il n'y avait personne dans sa cour ni dans la ville qui ne cherchât l'occasion de me faire plaisir. Ainsi je fus bientôt regardé comme un homme né dans cette île, plutôt que comme un étranger.

« Je remarquai une chose qui me parut bien extraordinaire : tout le monde, le roi même, montait à cheval sans bride et sans étriers. Cela me fit prendre la liberté de lui demander un jour pourquoi Sa Majesté ne se servait pas de ces commodités. Il me répondit que je lui parlais de choses dont on ignorait l'usage en ses États.

« J'allai aussitôt chez un ouvrier, et je lui fis dresser le bois d'une selle sur le modèle que je lui donnai. Le bois de la selle achevé, je le garnis moi-même de bourre[16] et de cuir, et l'ornai[17] d'une broderie d'or. Je m'adressai ensuite à un serrurier, qui me fit un mors[18] de la forme que je lui montrai, et je lui fis faire aussi des étriers[19].

« Quand ces choses furent dans un état parfait, j'allai les présenter au roi, et les essayai sur un de ses chevaux. Ce prince monta dessus, et fut si satisfait de cette invention qu'il m'en

16. Touffes de poils utilisées pour rembourrer la selle.
17. Le décorai.
18. Partie du harnais qui se place dans la bouche du cheval pour le diriger.
19. Anneaux métalliques qui pendent de chaque côté de la selle et soutiennent le pied du cavalier.

témoigna sa joie par de grandes largesses[20]. Je ne pus me défendre de[21] faire plusieurs selles pour ses ministres et pour les principaux officiers de sa maison, qui me firent tous des présents qui m'enrichirent en peu de temps. J'en fis aussi pour les personnes les plus qualifiées de la ville ; ce qui me mit dans une grande réputation, et me fit considérer de tout le monde.

« Comme je faisais ma cour au roi très exactement, il me dit un jour : « Sindbad, je t'aime, et je sais que tous mes sujets qui te connaissent te chérissent à mon exemple. J'ai une prière à te faire, et il faut que tu m'accordes ce que je vais te demander. – Sire, lui répondis-je, il n'y a rien que je ne sois prêt à faire pour marquer mon obéissance à Votre Majesté ; elle a sur moi un pouvoir absolu. – Je veux te marier, répliqua le roi, afin que le mariage t'arrête en mes États et que tu ne songes plus à ta patrie. » Comme je n'osais résister à la volonté du prince, il me donna pour femme une dame de sa cour, noble, belle, sage et riche. Après les cérémonies des noces, je m'établis chez la dame, avec laquelle je vécus quelque temps dans une union parfaite. Néanmoins je n'étais pas trop content de mon état. Mon dessein était de m'échapper à la première occasion et de retourner à Bagdad, dont mon établissement[22], tout avantageux qu'il était, ne pouvait me faire perdre le souvenir.

« J'étais dans ces sentiments, lorsque la femme d'un de mes voisins, avec lequel j'avais contracté une amitié fort étroite[23], tomba malade et mourut. J'allai chez lui pour le consoler ; et, le trouvant plongé dans la plus vive affliction : « Dieu vous conserve, lui dis-je en l'abordant, et vous donne une longue vie ! – Hélas ! me répondit-il, comment voulez-vous que j'obtienne la grâce que vous me souhaitez ? Je n'ai plus qu'une heure à vivre. – Oh ! repris-je, ne vous mettez pas dans l'esprit une pensée si funeste ; j'espère que cela n'arrivera pas,

20. Des cadeaux très généreux.
21. Je ne pus m'empêcher de.
22. Ma situation, ma condition présente.
23. Avec lequel j'étais devenu très ami.

Jeune femme endormie, miniature, début du XVIIIe siècle.

et que j'aurai le plaisir de vous posséder[24] encore longtemps. – Je souhaite, répliqua-t-il, que votre vie soit de longue durée ; pour ce qui est de moi, mes affaires sont faites, et je vous apprends que l'on m'enterre aujourd'hui avec ma femme. Telle est la coutume que nos ancêtres ont établie dans cette île, et qu'ils ont inviolablement gardée : le mari vivant est enterré avec la femme morte, et la femme vivante avec le mari mort. Rien ne peut me sauver ; tout le monde subit cette loi. »

« Dans le temps qu'il m'entretenait de cette étrange barbarie, dont la nouvelle m'effraya cruellement, les parents, les amis et les voisins arrivèrent en corps pour assister aux funérailles[25]. On revêtit le cadavre de la femme de ses habits les plus riches, comme au jour de ses noces, et on la para de tous ses joyaux[26].

« On l'enleva ensuite dans une bière[27] découverte, et le convoi se mit en marche. Le mari était à la tête du deuil et suivait le corps de sa femme. On prit le chemin d'une haute montagne ; et, lorsqu'on y fut arrivé, on leva une grosse pierre

24. Le plaisir de vous avoir comme ami.
25. L'enterrement.
26. Ses bijoux, ses objets précieux.
27. Un cercueil en bois.

qui couvrait l'ouverture d'un puits profond, et l'on y descendit le cadavre, sans lui rien ôter de ses habillements et de ses joyaux. Après cela, le mari embrassa ses parents et ses amis, et se laissa mettre dans une bière sans résistance, avec un pot d'eau et sept petits pains auprès de lui ; puis on le descendit de la même manière qu'on avait descendu sa femme. La montagne s'étendait en longueur et servait de bornes à la mer, et le puits était très profond. La cérémonie achevée, on remit la pierre sur l'ouverture.

« Il n'est pas besoin, Messeigneurs, de vous dire que je fus un fort triste témoin de ces funérailles. Toutes les autres personnes qui y assistèrent n'en parurent presque pas touchées, par l'habitude de voir souvent la même chose. Je ne pus m'empêcher de dire au roi ce que je pensais là-dessus. « Sire, lui dis-je, je ne saurais assez m'étonner de l'étrange coutume qu'on a dans vos États d'enterrer les vivants avec les morts. J'ai bien voyagé, j'ai fréquenté des gens d'une infinité de nations, et je n'ai jamais entendu parler d'une loi si cruelle. – Que veux-tu, Sindbad ? me répondit le roi ; c'est une loi commune, et j'y suis soumis moi-même : je serai enterré vivant avec la reine mon épouse, si elle meurt la première. – Mais, Sire, lui dis-je, oserais-je demander à Votre Majesté si les étrangers sont obligés d'observer cette coutume ? – Sans doute, repartit le roi en souriant du motif de ma question, ils n'en sont pas exceptés lorsqu'ils sont mariés dans cette île. »

« Je m'en retournai tristement au logis avec cette réponse. La crainte que ma femme ne mourût la première et qu'on ne m'enterrât tout vivant avec elle me faisait faire des réflexions très mortifiantes[28]. Cependant, quel remède apporter à ce mal ? Il fallut prendre patience, et m'en remettre à la volonté de Dieu. Néanmoins, je tremblais à la moindre indisposition

28. Désolantes.

que je voyais à ma femme ; mais, hélas ! J'eus bientôt la frayeur tout entière. Elle tomba véritablement malade, et mourut en peu de jours… »

Scheherazade, à ces mots, mit fin à son discours pour cette nuit. Le lendemain, elle en reprit la suite de cette manière :

LXXXIe nuit

« Jugez de ma douleur, poursuivit Sindbad : être enterré tout vif ne me paraissait pas une fin moins déplorable que celle d'être dévoré par des anthropophages ; il fallait pourtant en passer par là. Le roi, accompagné de toute sa cour, voulut honorer de sa présence le convoi ; et les personnes les plus considérables de la ville me firent aussi l'honneur d'assister à mon enterrement.

« Lorsque tout fut prêt pour la cérémonie, on posa le corps de ma femme dans une bière avec tous ses joyaux et ses plus magnifiques habits. On commença la marche. Comme second acteur de cette pitoyable[29] tragédie, je suivais immédiatement la bière de ma femme, les yeux baignés de larmes et déplorant mon malheureux destin. Avant que d'arriver à la montagne, je voulus faire une tentative sur l'esprit des spectateurs, je m'adressai au roi premièrement, ensuite à tous ceux qui se trouvèrent autour de moi ; et, m'inclinant devant eux jusqu'à terre pour baiser le bord de leur habit, je les suppliais d'avoir compassion[30] de moi. « Considérez, disais-je, que je suis un étranger qui ne doit pas être soumis à une loi si rigoureuse, et que j'ai une autre femme et des enfants dans mon pays. » J'eus beau prononcer ces paroles d'un air touchant,

29. Malheureuse, déplorable, lamentable.
30. Pitié.

personne n'en fut attendri ; au contraire, on se hâta de descendre le corps de ma femme dans le puits, et l'on m'y descendit un moment après dans une autre bière découverte, avec un vase rempli d'eau et sept pains. Enfin, cette cérémonie si funeste pour moi étant achevée, on remit la pierre sur l'ouverture du puits, nonobstant[31] l'excès de ma douleur et mes cris pitoyables.

« À mesure que j'approchais du fond, je découvrais, à la faveur du peu de lumière qui venait d'en haut, la disposition de ce lieu souterrain. C'était une grotte fort vaste, et qui pouvait bien avoir cinquante coudées[32] de profondeur. Je sentis bientôt une puanteur insupportable, qui sortait d'une infinité de cadavres que je voyais à droite et à gauche ; je crus même entendre quelques-uns des derniers qu'on y avait descendus vifs pousser les derniers soupirs. Néanmoins, lorsque je fus en bas, je sortis promptement de la bière et m'éloignai des cadavres en me bouchant le nez. Je me jetai par terre, où je demeurai longtemps plongé dans les pleurs. Alors, faisant réflexion sur mon triste sort : « Il est vrai, disais-je, que Dieu dispose de nous selon les décrets de sa providence ; mais, pauvre Sindbad, n'est-ce pas par ta faute que tu te vois réduit à mourir d'une mort si étrange ? Plût à Dieu que tu eusses péri dans quelqu'un des naufrages dont tu es échappé ! tu n'aurais point à mourir d'un trépas si lent et si terrible en toutes ses circonstances. Mais tu te l'es attiré par ta maudite avarice[33]. Ah ! malheureux ! ne devais-tu pas plutôt demeurer chez toi, et jouir tranquillement du fruit de tes travaux[34] ! »

« Telles étaient les inutiles plaintes dont je faisais retentir la grotte en me frappant la tête et l'estomac de rage et de désespoir, et m'abandonnant tout entier aux pensées les plus

31. Malgré.
32. 50 fois 0,50 m = 25 mètres.
33. Attachement excessif à l'argent.
34. Profiter tranquillement des bénéfices de ton travail, de ce que tu as gagné par ton travail.

désolantes. Néanmoins (vous le dirai-je ?) au lieu d'appeler la mort à mon secours, quelque misérable que je fusse, l'amour de la vie se fit encore sentir en moi, et me porta à prolonger mes jours. J'allai à tâtons, et en me bouchant le nez, prendre le pain et l'eau qui étaient dans ma bière, et j'en mangeai.

Quoique l'obscurité qui régnait dans la grotte fût si épaisse que l'on ne distinguait pas le jour d'avec la nuit, je ne laissai pas toutefois de retrouver ma bière ; et il me sembla que la grotte était plus spacieuse et plus remplie de cadavres qu'elle ne m'avait paru d'abord. Je vécus quelques jours de mon pain et de mon eau ; mais enfin, n'en ayant plus, je me préparai à mourir… »

Scheherazade cessa de parler à ces derniers mots. La nuit suivante, elle reprit la parole en ces termes :

LXXXIIe nuit

« Je n'attendais plus que la mort, continua Sindbad, lorsque j'entendis lever la pierre. On descendit un cadavre et une personne vivante. Le mort était un homme. Il est naturel de prendre des résolutions extrêmes dans les dernières extrémités[35]. Dans le temps qu'on descendait la femme, je m'approchai de l'endroit où sa bière devait être posée ; et, quand je m'aperçus que l'on recouvrait l'ouverture du puits, je donnai sur la tête de la malheureuse deux ou trois grands coups de gros os dont je m'étais saisi. Elle en fut étourdie, ou plutôt je l'assommai, et, comme je ne faisais cette action inhumaine que pour profiter du pain et de l'eau qui étaient dans la bière, j'eus des provisions pour quelques jours. Au bout de ce temps-là, on descendit encore une femme morte et un homme vivant :

35. La proximité de la mort.

« Sindbad le marin », *Le prince conduisant la femme à la tombe.*
Illustration par Edmond Dulac (1882-1953).

je tuai l'homme de la même manière, et comme, par bonheur pour moi, il y eut alors une espèce de mortalité dans la ville, je ne manquai pas de vivres en mettant toujours en œuvre la même industrie.

« Un jour que je venais d'expédier[36] encore une femme, j'entendis souffler et marcher. J'avançai du côté d'où partait le bruit ; j'ouïs souffler plus fort à mon approche, et il me parut entrevoir quelque chose qui prenait la fuite. Je suivis cette espèce d'ombre, qui s'arrêtait par reprises, et soufflait toujours en fuyant à mesure que j'en approchais. Je la poursuivis si longtemps, et j'allai si loin, que j'aperçus enfin une lumière qui ressemblait à une étoile. Je continuai de marcher vers cette lumière, la perdant quelquefois selon les obstacles qui me le cachaient, mais je la retrouvais toujours ; et, à la fin, je découvris qu'elle venait par une ouverture du rocher, assez large pour y passer.

« À cette découverte, je m'arrêtai quelque temps pour me remettre de l'émotion violente avec laquelle je venais de la faire ; puis, m'étant avancé jusqu'à l'ouverture, j'y passai, et me trouvai sur le bord de la mer. Imaginez-vous l'excès de ma joie. Il fut tel que j'eus de la peine à me persuader que ce n'était pas une imagination[37]. Lorsque je fus convaincu que c'était une chose réelle, et que mes sens furent rétablis en leur assiette ordinaire[38], je compris que la chose que j'avais ouïe souffler et que j'avais suivie était un animal sorti de la mer, qui avait coutume d'entrer dans la grotte pour s'y repaître de corps morts.

J'examinai la montagne, et remarquai qu'elle était située entre la ville et la mer, sans communication par aucun chemin, parce qu'elle était tellement escarpée que la nature ne l'avait pas rendue praticable. Je me prosternai sur le rivage pour

36. Ici, tuer, envoyer dans l'autre monde.
37. Une illusion, un produit de l'imagination. | **38.** Dans leur état habituel.

remercier Dieu de la grâce qu'il venait de me faire. Je rentrai ensuite dans la grotte pour aller prendre du pain, que je revins manger à la clarté du jour de meilleur appétit que je n'avais fait depuis que l'on m'avait enterré dans ce lieu ténébreux[39].

« J'y retournai encore et allai ramasser à tâtons dans les bières tous les diamants, les rubis, les perles, les bracelets d'or, et enfin toutes les riches étoffes que je trouvai sous ma main ; je portai tout cela sur le bord de la mer. J'en fis plusieurs ballots que je liai proprement avec des cordes qui avaient servi à descendre les bières, et dont il y avait une grande quantité. Je les laissai sur le rivage en attendant une bonne occasion, sans craindre que la pluie les gâtât[40], car alors ce n'en était pas la saison.

« Au bout de deux ou trois jours, j'aperçus un navire qui ne faisait que de sortir du port, et qui vint passer assez près de l'endroit où j'étais. Je fis signe de la toile de mon turban, et je criai de toute ma force pour me faire entendre. On m'entendit, et l'on détacha la chaloupe pour me venir prendre. À la demande que les matelots me firent, par quelle disgrâce je me trouvais en ce lieu, je répondis que je m'étais sauvé d'un naufrage depuis deux jours, avec les marchandises qu'ils voyaient. Heureusement pour moi, ces gens, sans examiner le lieu où j'étais et si ce que je leur disais était vraisemblable, se contentèrent de ma réponse et m'emmenèrent avec mes ballots.

« Quand nous fûmes arrivés à bord, le capitaine, satisfait en lui-même du plaisir qu'il me faisait et occupé du commandement du navire, eut aussi la bonté de se payer du prétendu naufrage que je lui dis avoir fait. Je lui présentai quelques-unes de mes pierreries, mais il ne voulut pas les accepter.

39. Sombre et inquiétant, comme les ténèbres (l'enfer).
40. Abîmât.

« Nous passâmes devant plusieurs îles, et, entre autres, devant l'île des Cloches[41], éloignée de dix journées de celle de Serendib[41], par un vent ordinaire et réglé, et de six journées de l'île de Kela[41], où nous abordâmes. Il y a des mines de plomb, des cannes d'Inde et du camphre très excellent.

« Le roi de l'île de Kela est très riche, très puissant, et son autorité s'étend sur toute l'île des Cloches, qui a deux journées d'étendue, et dont les habitants sont encore si barbares qu'ils mangent la chair humaine. Après que nous eûmes fait un grand commerce dans cette île, nous remîmes à la voile et abordâmes à plusieurs autres ports. Enfin j'arrivai heureusement à Bagdad avec des richesses infinies, dont il est inutile de vous faire le détail. Pour rendre grâces à Dieu des faveurs qu'il m'avait faites, je fis de grandes aumônes, tant pour l'entretien de plusieurs mosquées que pour la subsistance des pauvres, et me donnai tout entier à[42] mes parents et à mes amis, en me divertissant et en faisant bonne chère avec eux[43]. »

Sindbad finit en cet endroit le récit de son quatrième voyage, qui causa encore plus d'admiration à ses auditeurs que les trois précédents. Il fit un nouveau présent de cent sequins à Hindbad, qu'il pria, comme les autres, de revenir le jour suivant, à la même heure, pour dîner chez lui et entendre le détail de son cinquième voyage.

Hindbad et les autres conviés[44] prirent congé de lui et se retirèrent. Le lendemain, lorsqu'ils furent tous rassemblés, ils se mirent à table, et, à la fin du repas, qui ne dura pas moins que les autres, Sindbad commença de cette sorte le récit de son cinquième voyage : [...]

41. Serendib est le nom arabe de l'île de Ceylan, située au Sud de l'Inde. L'île des Cloches et l'île de Kela se situent en Indonésie (voir p. 7).
42. Et je me suis consacré à, je me suis occupé de.
43. En faisant de bon repas avec eux.
44. Les autres invités.

Questions

Repérer et analyser

La situation d'énonciation

1 Rappelez la situation d'énonciation.
a. À qui Scheherazade s'adresse-t-elle ?
b. À quel moment termine-t-elle son récit ? À quel moment le reprend-elle ? Citez le texte.
2 À qui Sindbad fait-il le récit de son histoire ?

Le cadre

3 **a.** Relisez le début des voyages précédents.
b. Dans ce nouveau voyage, quel trajet Sindbad emprunte-t-il avant de prendre la mer ?
c. Dans quel port Sindbad se rend-il généralement pour s'embarquer ? Le port où Sindbad s'embarque est-il le même que dans les précédents voyages ?
4 Relisez les noms des lieux mentionnés lignes 357 à 361. Ces lieux sont-ils réels ou imaginaires ? Reportez-vous à la carte, p. 7.

Le parcours de Sindbad

Les épreuves

5 **a.** Pour quelle raison Sindbad décide-t-il de reprendre la mer ? Citez le texte.
b. Qu'arrive-t-il au bateau sur lequel Sindbad s'était embarqué ?
c. De quelle façon Sindbad parvient-il à échapper à la noyade ?
6 Sindbad a accepté de se marier avec une femme du pays. Est-il satisfait de son mariage ? Justifiez votre réponse.
7 Comment Sindbad réussit-il à survivre après avoir été enterré vivant ?
8 De quelle façon Sindbad s'enrichit-il avant de quitter cette île ?

Les qualités de Sindbad

9 De quelles qualités Sindbad fait-il preuve :
- pour échapper aux anthropophages ?
- pour acquérir une « grande réputation » (l. 125 à 139) dans son pays d'accueil ?

10 Relisez les plaintes exprimées par Sindbad lorsqu'il se retrouve enterré vif.
a. Selon lui, qui décide de la destinée des hommes ?
b. Qui accuse-t-il de ses malheurs ?
c. De quels défauts s'accuse-t-il ?

11 « Il est naturel de prendre des résolutions extrêmes dans les dernières extrémités » (l. 285 à 287) : à quels faits précis cette phrase renvoie-t-elle ? Le comportement de Sindbad, dans ces circonstances, vous semble-t-il juste ou injuste ?

12 Montrez que Sindbad aime la vie par-dessus tout.

13 Quelles bonnes actions Sindbad accomplit-il lors de son retour à Bagdad ?

La découverte de civilisations lointaines

Les explications fournies

Dans le récit de ses aventures, Sindbad a parfois besoin d'expliquer le comportement de certains personnages ou certains phénomènes. Il a alors recours au discours explicatif dont le schéma est le suivant : une question se pose (commençant par « Pourquoi ? » ou « Comment ? »), une explication est donnée à l'aide de connecteurs logiques (« car », « puisque », « donc »...).

14 Relisez les lignes 39 à 67.
a. Pour quelle raison :
- les habitants de l'île ont-ils donné des herbes aux compagnons de Sindbad ?
- les habitants de l'île nourrissent-ils les voyageurs ? Quel mot, employé par Sindbad, caractérise les pratiques alimentaires de ces hommes ?
- le roi veut-il que Sindbad se marie à une femme de son pays ?

b. Relevez les connecteurs logiques employés par le narrateur dans ses explications.

L'argumentation

Au cours de ses aventures, Sindbad a parfois besoin d'exprimer son point de vue afin de convaincre d'autres personnages de l'adopter. Il a alors recours au discours argumentatif, qui permet de défendre une idée en présentant des arguments qui la justifient.

15 **a.** Expliquez en quoi consiste cette « loi si cruelle » dont parle Sindbad (l. 199).
b. Pourquoi les habitants du pays acceptent-ils de se soumettre à cette loi ?
c. Quels arguments Sindbad emploie-t-il pour essayer de se soustraire à la loi ?
d. Selon vous, cette loi est-elle juste ou injuste ? Justifiez votre réponse.

16 **a.** Présentez chacun des deux peuples rencontrés par Sindbad en une phrase chacun.
b. Pour chaque peuple, expliquez en quoi consiste la coutume barbare à laquelle Sindbad est confronté.
c. Selon vous, qu'a appris Sindbad en rencontrant ces différentes civilisations ?

La description de la grotte

17 Relisez les lignes 246 à 253.
a. Relevez les mots et expressions qui caractérisent la grotte. Quels sont les trois sens évoqués dans cette description ?
b. La description est-elle faite d'un point de vue fixe, ou bien suit-elle les déplacements du personnage (voir la leçon, p. 44) ? Justifiez votre réponse.
c. Cette description est-elle péjorative ou méliorative ? Relevez trois mots justifiant votre réponse.

La visée

18 Quel effet le récit de Sindbad produit-il chez ses auditeurs ?

19 **a.** Rappelez ce que Scheherazade cherche à obtenir de son interlocuteur lorsqu'elle fait ce récit.
b. Pour quelle raison est-elle obligée de se taire ? À quels différents moments du récit le fait-elle ?
c. Quel effet l'ensemble du récit avec ses interruptions produit-il sur son interlocuteur ?

20 Quel est l'effet produit par l'ensemble de ce voyage sur le lecteur ?

Lire et comparer

Les motifs récurrents

Dans les voyages de Sindbad le marin, certains détails, et même certains événements se reproduisent dans plusieurs voyages. Ces éléments du récit, qui se trouvent répétés d'un voyage à l'autre, se nomment des motifs récurrents.

21 Relisez les lignes 62 à 67 et comparez-les aux lignes 82-83 du troisième voyage.

a. Dans le troisième voyage, pourquoi le géant anthropophage décide-t-il de ne pas manger Sindbad ?

b. Dans le quatrième voyage, pourquoi Sindbad n'est-il pas mangé ? Que constatez-vous ?

22 Relisez les aventures vécues par Sindbad lors de son premier voyage, lignes 83 à 119, puis comparez-les aux lignes 85 à 108 de son quatrième voyage.

a. Les personnages qui recueillent Sindbad vivent-ils sur l'île où Sindbad les rencontre ? Pour quelle raison s'y trouvent-ils ?

b. À leur retour chez eux, à quel personnage présentent-ils Sindbad ? De quelle façon Sindbad se présente-t-il à ce personnage ? Celui-ci fait-il preuve d'hospitalité ? Justifiez votre réponse en relevant des noms employés par le narrateur pour caractériser l'accueil qui lui est fait.

c. Dans quel voyage Sindbad va-t-il s'intégrer dans son pays d'accueil ? Citez deux passages qui justifient votre réponse.

Sindbad le marin

Cinquième voyage

« Les plaisirs, dit-il, eurent encore assez de charmes pour effacer de ma mémoire toutes les peines et les maux que j'avais soufferts, sans pouvoir m'ôter l'envie de faire de nouveaux voyages. C'est pourquoi j'achetai des marchandises, je les fis emballer et charger sur des voitures, et je partis avec elles pour me rendre au premier port de mer. Là, pour ne pas dépendre d'un capitaine et pour avoir un navire à mon commandement, je me donnai le loisir d'en faire construire et équiper un à mes frais. Dès qu'il fut achevé, je le fis charger ; je m'embarquai dessus, et, comme je n'avais pas de quoi faire une charge entière, je reçus plusieurs marchands de différentes nations avec leurs marchandises.

« Nous fîmes voile[1] au premier bon vent, et prîmes le large[2]. Après une longue navigation, le premier endroit où nous abordâmes fut une île déserte, où nous trouvâmes l'œuf d'un roc d'une grosseur pareille à celui dont vous m'avez entendu parler ; il renfermait un petit roc près d'éclore, dont le bec commençait à paraître… »

À ces mots, Scheherazade se tut, parce que le jour se faisait déjà voir dans l'appartement du sultan des Indes. La nuit suivante, elle reprit son discours.

1. Nous partîmes en hissant les voiles.
2. Et nous éloignâmes de la côte, et partîmes vers la haute mer.

LXXXIIIe nuit

Sindbad le marin, dit-elle, continuant de raconter son cinquième voyage :

« Les marchands, poursuivit-il, qui s'étaient embarqués sur mon navire, et qui avaient pris terre avec moi, cassèrent l'œuf à grands coups de hache, et firent une ouverture par où ils tirèrent le petit roc par morceaux, et le firent rôtir. Je les avais avertis sérieusement de ne pas toucher à l'œuf, mais ils ne voulurent pas m'écouter. »

Ils eurent à peine achevé le régal qu'ils venaient de se donner qu'il parut en l'air, assez loin de nous, deux gros nuages. Le capitaine, que j'avais pris à gages pour conduire mon vaisseau, sachant par expérience ce que cela signifiait, s'écria que c'étaient le père et la mère du petit roc ; et il nous pressa tous de nous rembarquer au plus vite, pour éviter le malheur qu'il prévoyait. Nous suivîmes son conseil avec empressement, et nous remîmes à la voile en diligence[3].

« Cependant les deux rocs approchèrent en poussant des cris effroyables, qu'ils redoublèrent quand ils eurent vu l'état où l'on avait mis l'œuf, et que leur petit n'y était plus. Dans le dessein de se venger, ils reprirent leur vol du côté d'où ils étaient venus, et disparurent quelque temps, pendant que nous fîmes force de voiles[4] pour nous éloigner et prévenir ce qui ne laissa pas de nous arriver[5].

« Ils revinrent, et nous remarquâmes qu'ils tenaient entre leurs griffes chacun un morceau de rocher d'une grosseur énorme. Lorsqu'ils furent précisément au-dessus de mon vaisseau, ils s'arrêtèrent, et, se soutenant en l'air, l'un lâcha la

3. En vitesse, rapidement.
4. Nous hissâmes les voiles rapidement.
5. Pour éviter le danger qui nous frappa.

pièce de rocher qu'il tenait ; mais, par l'adresse du timonier qui détourna le navire d'un coup de timon, elle ne tomba pas dessus ; elle tomba à côté, dans la mer, qui s'entrouvrit d'une manière que nous en vîmes presque le fond. L'autre oiseau, pour notre malheur, laissa tomber sa roche si juste au milieu du vaisseau qu'elle le rompit et le brisa en mille pièces. Les matelots et les passagers furent tous écrasés du coup, ou submergés. Je fus submergé moi-même ; mais en revenant au-dessus de l'eau, j'eus le bonheur de me prendre à une pièce du débris. Ainsi, en m'aidant tantôt d'une main, tantôt de l'autre, sans me dessaisir de[6] ce que je tenais, avec le vent et le courant qui m'étaient favorables, j'arrivai enfin à une île dont le rivage était fort escarpé. Je surmontai néanmoins cette difficulté, et me sauvai.

Illustration de Lucien Laforge pour *Sindbad le marin*, 1912.

6. Sans lâcher.

« Je m'assis sur l'herbe pour me remettre un peu de ma fatigue, après quoi je me levai et m'avançai dans l'île pour reconnaître le terrain[7]. Il me sembla que j'étais dans un jardin délicieux : je voyais partout des arbres, les uns chargés de fruits verts et les autres de mûrs, et des ruisseaux d'une eau douce et claire qui faisaient d'agréables détours. Je mangeai de ces fruits, que je trouvai excellents, et je bus de cette eau qui m'invitait à boire.

« La nuit venue, je me couchai sur l'herbe, dans un endroit assez commode ; mais je ne dormis pas une heure entière, et mon sommeil fut souvent interrompu par la frayeur[8] de me voir seul dans un lieu si désert. Ainsi j'employai la meilleure partie de la nuit à me chagriner et à me reprocher l'imprudence que j'avais eue de n'être pas demeuré chez moi plutôt que d'avoir entrepris ce dernier voyage. Ces réflexions me menèrent si loin que je commençai à former un dessein contre ma propre vie ; mais le jour, par sa lumière, dissipa mon désespoir. Je me levai, et marchai entre les arbres, non sans quelque appréhension[9].

« Lorsque je fus un peu avant dans l'île, j'aperçus un vieillard qui me parut fort cassé. Il était assis sur le bord d'un ruisseau ; je m'imaginai d'abord que c'était quelqu'un qui avait fait naufrage comme moi. Je m'approchai de lui, je le saluai, et il me fit seulement une inclination de tête. Je lui demandai ce qu'il faisait là ; mais, au lieu de me répondre, il me fit signe de le charger sur mes épaules et de le passer au-delà du ruisseau, en me faisant comprendre que c'était pour allez cueillir des fruits.

« Je crus qu'il avait besoin que je lui rendisse ce service ; c'est pourquoi, l'ayant chargé sur mon dos, je passai le ruisseau.

7. Explorer le terrain.
8. La grande peur.
9. Sans être vraiment rassuré, en ayant un peu peur.

« Descendez », lui dis-je alors, en me baissant pour faciliter sa descente. Mais, au lieu de se laisser aller à terre (j'en ris encore toutes les fois que j'y pense), ce vieillard qui m'avait paru décrépit[10] passa légèrement autour de mon cou ses deux jambes, dont je vis que la peau ressemblait à celle d'une vache, et se mit à califourchon sur mes épaules[11], en me serrant si fortement la gorge qu'il semblait vouloir m'étrangler. La frayeur me saisit en ce moment, et je tombai évanoui… »

Scheherazade fut obligée de s'arrêter à ces paroles, à cause du jour qui paraissait. Elle poursuivit ainsi cette histoire sur la fin de la nuit suivante :

LXXXIVe nuit

« Nonobstant[12] mon évanouissement, dit Sindbad, l'incommode vieillard demeura toujours attaché à mon col ; il écarta seulement un peu les jambes pour me donner lieu de revenir à moi[13]. Lorsque j'eus repris mes esprits, il m'appuya fortement contre l'estomac un de ses pieds, et, de l'autre me frappant rudement le côté, il m'obligea de me relever malgré moi. Étant debout, il me fit marcher sous des arbres ; il me forçait de m'arrêter pour cueillir et manger les fruits que nous rencontrions. Il ne quittait point prise pendant le jour ; et, quand je voulais me reposer la nuit, il s'étendait par terre avec moi, toujours attaché à mon cou. Tous les matins, il ne manquait pas de me pousser pour m'éveiller ; ensuite il me faisait lever et marcher en me pressant de ses pieds. Représentez-vous, Messeigneurs, la peine que j'avais de me voir chargé de ce fardeau sans pouvoir m'en défaire.

10. Affaibli par l'âge.
11. Et passa une jambe de chaque côté de mon cou.
12. Malgré.
13. Pour me permettre de reprendre connaissance.

LES BEAUX CONTES
Collection "NOS LOISIRS"
DIX CENTIMES
Merveilleuses Aventures de
SINDBAD LE MARIN
(2me Partie)

« Un jour que je trouvai en mon chemin plusieurs calebasses[14] sèches qui étaient tombées d'un arbre qui en portait, j'en pris une assez grosse, et, après l'avoir bien nettoyée, j'exprimai dedans[15] le jus de plusieurs grappes de raisin, fruit que l'île produisait en abondance, et que nous rencontrions à chaque pas. Lorsque j'en eus rempli la calebasse, je la posai dans un endroit où j'eus l'adresse de me faire conduire par le vieillard plusieurs jours après. Là, je pris la calebasse, et, la portant à ma bouche, je bus d'un excellent vin qui me fit oublier pour quelque temps le chagrin mortel dont j'étais accablé. Cela me donna de la vigueur. J'en fus même si réjoui que je me mis à chanter et à sauter en marchant.

« Le vieillard, qui s'aperçut de l'effet que cette boisson avait produit en moi et que je le portais plus légèrement que de coutume, me fit signe de lui en donner à boire : je lui présentai la calebasse, il la prit, et, comme la liqueur lui parut agréable, il l'avala jusqu'à la dernière goutte. Il y en avait assez pour l'enivrer : aussi s'enivra-t-il, et bientôt, la fumée du vin lui montant à la tête, il commença à chanter à sa manière et de se trémousser[16] sur mes épaules. Les secousses qu'il se donnait lui firent rendre ce qu'il avait dans l'estomac, et ses jambes se relâchèrent peu à peu ; de sorte que, voyant qu'il ne me serrait plus, je le jetai par terre, où il demeura sans mouvement. Alors je pris une très grosse pierre et lui en écrasai la tête.

Je sentis une grande joie de m'être délivré pour jamais de ce maudit vieillard, et je marchai vers le bord de la mer, où je rencontrai des gens d'un navire qui venait de mouiller là pour faire de l'eau et prendre en passant quelques rafraîchissements. Ils furent extrêmement étonnés de me voir et

14. Sortes de courges qui, vidées et séchées, servent de récipient.

15. Je pressai dedans.

16. De s'agiter, de gigoter.

d'entendre le détail de mon aventure. « Vous étiez tombé, me dirent-ils, entre les mains du vieillard de la mer, et vous êtes le premier qu'il n'ait pas étranglé ; il n'a jamais abandonné ceux dont il s'était rendu maître qu'après les avoir étouffés ; et il a rendu cette île fameuse par le nombre de personnes qu'il a tuées : les matelots et les marchands qui y descendaient n'osaient s'y avancer qu'en bonne compagnie. »

« Après m'avoir informé de ces choses, ils m'emmenèrent avec eux dans leur navire, dont le capitaine se fit un plaisir de me recevoir lorsqu'il apprit tout ce qui m'était arrivé. Il remit à la voile ; et, après quelques jours de navigation, nous abordâmes au port d'une grande ville dont les maisons étaient bâties de bonnes pierres.

« Un des marchands du vaisseau, qui m'avait pris en amitié, m'obligea de l'accompagner, et me conduisit dans un logement destiné pour servir de retraite aux marchands étrangers[17]. Il me donna un grand sac ; ensuite, m'ayant recommandé à quelques gens de la ville qui avaient un sac comme moi, et les ayant priés de me mener avec eux amasser[18] du coco : « Allez, me dit-il, suivez-les, faites comme vous les verrez faire, et ne vous écartez pas d'eux, car vous mettriez votre vie en danger. » Il me donna des vivres pour la journée, et je partis avec ces gens.

« Nous arrivâmes à une grande forêt d'arbres extrêmement hauts et fort droits, et dont le tronc était si lisse qu'il n'était pas possible de s'y prendre pour monter jusqu'aux branches où était le fruit. Tous les arbres étaient des arbres de cocos, dont nous voulions abattre le fruit et en remplir nos sacs. En entrant dans la forêt, nous vîmes un grand nombre de gros

17. Prévu pour accueillir les marchands.
18. Prendre en grande quantité, accumuler.

et de petits singes, qui prirent la fuite devant nous dès qu'ils nous aperçurent, et qui montèrent jusqu'au haut des arbres avec une agilité surprenante... »

Scheherazade voulait poursuivre ; mais le jour qui paraissait l'en empêcha. La nuit suivante, elle reprit son discours de cette sorte :

LXXXVe nuit

« Les marchands avec qui j'étais, continua Sindbad, ramassèrent des pierres et les jetèrent de toute leur force au haut des arbres contre les singes. Je suivis leur exemple, et je vis que les singes, instruits de notre dessein, cueillaient les cocos avec ardeur, et nous les jetaient avec des gestes qui marquaient leur colère et leur animosité[19]. Nous ramassions les cocos, et nous jetions de temps en temps des pierres pour irriter les singes. Par cette ruse, nous remplissions nos sacs de ce fruit, qu'il nous eût été impossible d'avoir autrement.

« Lorsque nous en eûmes plein nos sacs, nous nous en retournâmes à la ville, où le marchand qui m'avait envoyé à la forêt me donna la valeur du sac de cocos que j'avais apporté.

« Continuez, me dit-il, et allez tous les jours faire la même chose jusqu'à ce que vous ayez gagné de quoi vous reconduire chez vous. » Je le remerciai du bon conseil qu'il me donnait ; et insensiblement[20] je fis un si grand amas[21] de cocos que j'en avais pour une somme considérable.

Le vaisseau sur lequel j'étais venu avait fait voile avec des marchands qui l'avaient chargé de cocos qu'ils avaient achetés.

19. Malveillance, antipathie.
20. Sans que l'on s'en rende compte.
21. Une accumulation.

J'attendis l'arrivée d'un autre qui aborda bientôt au port de la ville pour faire un pareil chargement. Je fis embarquer dessus tout le coco qui m'appartenait ; et, lorsqu'il fut prêt à partir, j'allai prendre congé du marchand à qui j'avais tant d'obligation. Il ne put s'embarquer avec moi parce qu'il n'avait pas encore achevé ses affaires.

« Nous mîmes à la voile, et prîmes la route de l'île où le poivre croît en plus grande abondance. De là nous gagnâmes l'île de Comari[22], qui porte la meilleure espèce de bois d'aloès, et dont les habitants se sont fait une loi inviolable de ne pas boire de vin, ni de souffrir[23] aucun lieu de débauche. J'échangeai mon coco en ces deux îles contre du poivre et du bois d'aloès, et me rendis, avec d'autres marchands, à la pêche des perles, où je pris des plongeurs à gages pour mon compte. Ils m'en pêchèrent un grand nombre de très grosses et de très parfaites. Je me remis en mer avec joie sur un vaisseau qui arriva heureusement à Balsora[24] ; de là, je revins à Bagdad, où je fis de très grosses sommes d'argent du poivre, du bois d'aloès et des perles que j'avais apportés. Je distribuai en aumônes la dixième partie de mon gain, de même qu'au retour de mes autres voyages, et je cherchai à me délasser de mes fatigues dans toutes sortes de divertissements. »

Ayant achevé ces paroles, Sindbad fit donner cent sequins à Hindbad, qui se retira avec tous les autres convives. Le lendemain, la compagnie se trouva chez le riche Sindbad, qui, après l'avoir régalée comme les jours précédents, demanda audience, et fit le récit de son sixième voyage de la manière que je vais vous le raconter.

22. Sans doute le cap Comarin, au Sud de l'Inde.
23. Ni d'accepter, de tolérer, de supporter.
24. Un navire qui arriva sans incident à Balsora.

Questions

Repérer et analyser

La situation d'énonciation et la formule de départ

1 Rappelez la situation d'énonciation.
a. À qui Scheherazade s'adresse-t-elle ?
b. À quel moment termine-t-elle son récit ? À quel moment le reprend-elle ? Citez le texte.
c. Qui le pronom « je » désigne-t-il lignes 228-229 ?

2 **a.** À qui Sindbad fait-il le récit de son histoire ? Relevez dans le second paragraphe une expression qui indique qu'il s'agit d'un récit oral.
b. Rappelez dans quel lieu il se trouve et dans quelles conditions il fait ce récit. Appuyez-vous sur le dernier paragraphe.

3 Comparez le début de la première phrase de ce voyage avec celui du voyage précédent. Que remarquez-vous ?

Le parcours de Sindbad

Les épreuves

4 **a.** À qui le navire sur lequel Sindbad va s'embarquer appartient-il ? En quoi y a-t-il évolution par rapport aux précédents voyages ?
b. Quels personnages se joignent à Sindbad sur le navire ?

5 **a.** Quelle découverte Sindbad et les marchands font-ils sur la première île abordée ? Dans quel voyage précédent Sindbad avait-il déjà fait une telle découverte ?
b. Que font les marchands ? Sindbad agit-il comme eux ?
c. Quelle est la conséquence de leur acte ?

6 **a.** Quel personnage Sindbad rencontre-t-il sur la seconde île ? Quelles caractéristiques font de ce personnage un être surnaturel ?
b. Quelle ruse Sindbad emploie-t-il pour lui échapper ?

7 **a.** Quels personnages Sindbad rencontre-t-il ensuite ? Sont-ils des adjuvants ou des opposants ? Dans quel lieu aborde-t-il ?
b. À quel commerce se livre-t-il ? Que fait-il de son argent ?

Les qualités de Sindbad

8 **a.** Dans quelle circonstance Sindbad se montre-t-il rusé ?
b. De quelles qualités Sindbad fait-il preuve en ne mangeant pas du petit oiseau roc ?
c. D'après les informations données par les passagers du navire sur le vieillard de la mer (l. 148 à 154), Sindbad a-t-il eu raison de le tuer ?

La description

9 **a.** L'île où aborde Sindbad après le naufrage de son navire est-elle décrite de façon péjorative ou méliorative ? Relevez trois adjectifs qualificatifs justifiant votre réponse.
b. Quel lieu biblique ce « jardin délicieux » rappelle-t-il ?

Les marchandises exotiques

10 **a.** Quelle technique les marchands emploient-ils pour récolter des noix de coco ?
b. Pour quelle raison ne cueillent-ils pas les noix eux-mêmes ?

11 **a.** Contre quels produits Sindbad échange-t-il ses noix de coco dans les deux îles auxquelles aborde son navire ?
b. Quel troisième produit naturel Sindbad va-t-il rapporter de son voyage ?

La visée

12 Quelle image est donnée de Sindbad au fur et à mesure des voyages ? Citez la phrase qui, à la fin du texte, vise à susciter la curiosité de l'auditeur. En quoi Scheherazade est-elle habile ?

Écrire

Écrire un récit

13 Imaginez la vie menée par Sindbad entre ses voyages. N'oubliez pas qu'il est marié, que c'est un riche marchand qui profite de nombreux plaisirs, mais qu'il finit toujours par regretter l'aventure. Vous emploierez l'imparfait pour raconter ses actions habituelles.

Sindbad le marin

Sixième voyage

« Messeigneurs, leur dit-il, vous êtes sans doute en peine de savoir comment, après avoir fait cinq naufrages et avoir essuyé tant de périls, je pus me résoudre encore à tenter la fortune et à chercher de nouvelles disgrâces. J'en suis étonné moi-même quand j'y fais réflexion ; et il fallait assurément que j'y fusse entraîné par mon étoile[1]. Quoi qu'il en soit, au bout d'une année de repos, je me préparai à faire un sixième voyage, malgré les prières de mes parents et de mes amis, qui firent tout ce qui leur fut possible pour me retenir.

Au lieu de prendre ma route par le golfe Persique, je passai encore une fois par plusieurs provinces de la Perse et des Indes, et j'arrivai à un port de mer où je m'embarquai sur un bon navire dont le capitaine était résolu à faire une longue navigation. Elle fut très longue, à la vérité, mais en même temps si malheureuse que le capitaine et le pilote perdirent leur route, de manière qu'ils ignoraient où nous étions. Ils la reconnurent enfin ; mais nous n'eûmes pas sujet de nous en réjouir, tout ce que nous étions de passagers, et nous fûmes un jour dans un étonnement extrême de voir le capitaine quitter son poste en poussant des cris. Il jeta son turban par terre, s'arracha la barbe, et se frappa la tête comme un homme à qui le désespoir a troublé l'esprit. Nous lui demandâmes pourquoi il s'affligeait ainsi : « Je vous annonce, nous répondit-il, que nous sommes dans l'endroit de toute la mer le plus dangereux. Un courant très rapide emporte le navire, et nous allons tous périr dans moins d'un quart d'heure. Priez Dieu qu'il nous délivre de ce danger. Nous ne saurions en échapper

1. Mon destin, l'étoile qui veille sur moi et qui guide ma vie (c'est une croyance).

s'il n'a pitié de nous. » À ces mots, il ordonna de faire ranger les voiles ; mais les cordages se rompirent[2] dans la manœuvre, et le navire, sans qu'il fût possible d'y remédier, fut emporté par le courant au pied d'une montagne inaccessible, où il échoua et se brisa, de manière pourtant qu'en sauvant nos personnes[3], nous eûmes encore le temps de débarquer nos vivres et nos plus précieuses marchandises.

« Cela étant fait, le capitaine nous dit : « Dieu vient de faire ce qui lui a plu. Nous pouvons nous creuser ici chacun notre fosse[4], et nous dire le dernier adieu, car nous sommes dans un lieu si funeste que personne de ceux qui y ont été jetés avant nous ne s'en est retourné chez soi. » Ce discours nous jeta tous dans une affliction[5] mortelle, et nous nous embrassâmes les uns les autres les larmes aux yeux, en déplorant notre malheureux sort.

« La montagne au pied de laquelle nous étions faisait la côte d'une île fort longue et très vaste. Cette côte était toute couverte de débris de vaisseaux qui y avaient fait naufrage, et par une infinité d'ossements qu'on y rencontrait d'espace en espace, et qui nous faisaient horreur, nous jugeâmes qu'il s'y était perdu bien du monde. C'est aussi une chose presque incroyable, que la quantité de marchandises et de richesses qui se présentaient à nos yeux de toutes parts. Tous ces objets ne servirent qu'à augmenter la désolation[6] où nous étions. Au lieu que partout ailleurs les rivières sortent de leur lit pour se jeter dans la mer, tout au contraire une grosse rivière d'eau douce s'éloigne de la mer, et pénètre dans la côte au travers d'une grotte obscure dont l'ouverture est extrêmement haute et large. Ce qu'il y a de plus remarquable dans ce lieu, c'est

2. Les cordes (qui maintiennent les voiles) se déchirèrent.
3. En nous sauvant, en sauvant notre vie.
4. Notre tombe, le trou dans lequel nous serons enterrés.
5. Une peine profonde, un abattement.
6. La consternation, l'affliction extrême.

que les pierres de la montagne sont de cristal, de rubis ou d'autres pierres précieuses. On y voit aussi la source d'une espèce de poix[7] ou de bitume[8] qui coule dans la mer, que les poissons avalent, et rendent ensuite changé en ambre gris[9], que les vagues rejettent sur la grève, qui en est couverte. Il y croît aussi des arbres[10], dont la plupart sont de bois d'aloès, qui ne cèdent point en bonté à ceux de Comari.

« Pour achever la description de cet endroit, qu'on peut appeler un gouffre, puisque jamais rien n'en revient, il n'est pas possible que les navires puissent s'en écarter lorsqu'une fois ils s'en sont approchés à une certaine distance. S'ils y sont poussés par un vent de mer, le vent et le courant les perdent; et, s'ils s'y trouvent lorsque le vent de terre souffle, ce qui pourrait favoriser leur éloignement, la hauteur de la montagne l'arrête, et cause un calme qui laisse agir le courant qui les emporte contre la côte, où ils se brisent comme le nôtre y fut brisé. Pour surcroît de disgrâce, il n'est pas possible de gagner le sommet[11] de la montagne et se sauver par aucun endroit.

« Nous demeurâmes sur le rivage comme des gens qui ont perdu l'esprit, et nous attendions la mort de jour en jour. D'abord nous avions partagé nos vivres également[12]; ainsi chacun vécut plus ou moins longtemps que les autres, selon son tempérament[13] et suivant l'usage qu'il fit de ses provisions… »

Scheherazade cessa de parler, voyant que le jour commençait à paraître. Le lendemain elle continua de cette sorte le récit du sixième voyage de Sindbad:

7. Matière visqueuse à base de résine ou de goudron de bois.
8. Substance sombre qui recouvre les trottoirs et les routes.
9. Substance produite par les cachalots dont on extrait un parfum très précieux.
10. Des arbres poussent également.
11. D'atteindre le sommet, monter jusqu'en haut (de la montagne).
12. Nous avions réparti nos provisions en parts égales.
13. Selon sa constitution, sa nature, selon ce qu'il est.

LXXXVIe nuit

« Ceux qui moururent les premiers, poursuivit Sindbad, furent enterrés par les autres ; pour moi, je rendis les derniers devoirs[14] à tous mes compagnons ; et il ne faut pas s'en étonner : car, outre que j'avais mieux ménagé qu'eux les provisions qui m'étaient tombées en partage, j'en avais encore en particulier d'autres dont je m'étais bien gardé de faire part à mes camarades. Néanmoins, lorsque j'enterrai le dernier, il me restait si peu de vivres que je jugeai que je ne pourrais pas aller loin ; de sorte que je creusai moi-même mon tombeau, résolu de me jeter dedans, puisque personne ne vivait pour m'enterrer. Je vous avouerai qu'en m'occupant de ce travail, je ne pus m'empêcher de me représenter que j'étais la cause de ma perte, et de me repentir de m'être engagé dans ce dernier voyage. Je n'en demeurai pas même aux réflexions ; je m'ensanglantai les mains à belles dents, et peu s'en fallut que je ne hâtasse ma mort.

« Mais Dieu eut encore pitié de moi, et m'inspira la pensée d'aller jusqu'à la rivière qui se perdait sous la voûte de la grotte. Là, après avoir examiné la rivière avec beaucoup d'attention, je dis en moi-même : « Cette rivière qui se cache ainsi sous la terre en doit sortir par quelque endroit ; en construisant un radeau et m'abandonnant dessus au courant de l'eau, j'arriverai à une terre habitée, ou je périrai : si je péris, je n'aurai fait que changer de genre de mort ; si je sors au contraire de ce lieu fatal, non seulement j'éviterai la triste destinée de mes camarades, je trouverai peut-être une nouvelle occasion de m'enrichir. Que sait-on si la fortune ne m'attend pas au sortir de cet affreux écueil pour me dédommager de mon naufrage avec usure[15] ?

14. Je m'occupai de leur cérémonie d'enterrement.

15. En faisant un bénéfice, en gagnant plus que je n'avais perdu.

« Je n'hésitai pas de travailler au radeau après ce raisonnement ; je le fis de bonnes pièces de bois et de gros câbles, car j'en avais à choisir ; je les liai ensemble si fortement que j'en fis un petit bâtiment assez solide. Quand il fut achevé, je le chargeai de quelques ballots de rubis, d'émeraudes, d'ambre gris, de cristal de roche et d'étoffes précieuses. Ayant mis toutes ces choses en équilibre et les ayant bien attachées, je m'embarquai sur le radeau avec deux petites rames que je n'avais pas oublié de faire ; et, me laissant aller au cours de la rivière, je m'abandonnai à la volonté de Dieu.

Illustration de Lucien Laforge, 1912.

« Sitôt que je fus sous la voûte, je ne vis plus de lumière, et le fil de l'eau m'entraîna sans que je pusse remarquer où il m'emportait. Je voguai quelques jours dans cette obscurité, sans jamais apercevoir le moindre rayon de lumière. Je trouvai une fois la voûte si basse qu'elle pensa me blesser à la tête, ce qui me rendit fort attentif à éviter un pareil danger. Pendant ce temps-là, je ne mangeais des vivres qui me restaient qu'autant qu'il en fallait naturellement pour soutenir ma vie. Mais, avec quelque frugalité[16] que je pusse vivre, j'achevai de consumer mes provisions. Alors, sans que je pusse m'en défendre, un doux sommeil vint saisir mes sens. Je ne puis vous dire si je dormis longtemps ; mais, en me réveillant, je me vis avec surprise dans une vaste[17] campagne, au bord d'une rivière où mon radeau était attaché et au milieu d'un grand nombre de noirs. Je me levai dès que je les aperçus et je les saluai. Ils me parlèrent, mais je n'entendais pas leur langage[18].

« En ce moment, je me sentis si transporté de joie que je ne savais si je devais me croire éveillé. Étant persuadé que je ne dormais pas, je m'écriai, et récitai ces vers arabes :

Invoque la Toute-Puissance, elle viendra à ton secours : il n'est pas besoin que tu t'embarrasses d'autre chose. Ferme l'œil, et, pendant que tu dormiras, Dieu changera ta fortune de mal en bien.

« Un des noirs, qui entendait l'arabe, m'ayant ouï parler ainsi, s'avança et prit la parole : « Mon frère, me dit-il, ne soyez pas surpris de nous voir. Nous habitons la campagne que vous voyez, et nous sommes venus arroser aujourd'hui nos champs de l'eau de ce fleuve qui sort de la montagne voisine, en la détournant par de petits canaux. Nous avons

16. En me contentant de peu de nourriture.

17. Grande, étendue.

18. Je ne comprenais pas leur langue.

remarqué que l'eau emportait quelque chose ; nous sommes vite accourus pour voir ce que c'était, et nous avons trouvé que c'était ce radeau ; aussitôt l'un de nous s'est jeté à la nage et l'a amené. Nous l'avons arrêté et attaché comme vous le voyez, et nous attendions que vous vous éveillassiez. Nous vous supplions de nous raconter votre histoire, qui doit être fort extraordinaire. Dites-nous comment vous vous êtes hasardé[19] sur cette eau, et d'où vous venez. » Je leur répondis qu'ils me donnassent premièrement à manger, et qu'après cela je satisferais leur curiosité.

« Ils me présentèrent plusieurs sortes de mets, et, quand j'eus contenté ma faim, je leur fis un rapport fidèle de tout ce qui m'était arrivé ; ce qu'ils parurent écouter avec admiration. Sitôt que j'eus fini mon discours : « Voilà, me dirent-ils par la bouche de l'interprète qui leur avait expliqué ce que je venais de dire, voilà une histoire des plus surprenantes. Il faut que vous veniez en informer le roi vous-même : la chose est trop extraordinaire pour lui être rapportée par un autre que par celui à qui elle est arrivée. » Je leur repartis que j'étais prêt à faire ce qu'ils voudraient.

« Les noirs envoyèrent aussitôt chercher un cheval que l'on amena peu de temps après. Ils me firent monter dessus ; et, pendant qu'une partie marcha devant moi pour me montrer le chemin, les autres, qui étaient les plus robustes[20], chargèrent sur leurs épaules le radeau tel qu'il était avec les ballots, et commencèrent à me suivre… »

Scheherazade, à ces paroles, fut obligée d'en demeurer là, parce que le jour parut. Sur la fin de la nuit suivante, elle reprit le fil de sa narration, et parla dans ces termes :

19. Vous vous êtes risqué.

20. Solide, fort.

LXXXVIIe nuit

« Nous marchâmes tous ensemble, poursuivit Sindbad, jusques à la ville de Serendib : car c'était dans cette île que je me trouvais. Les noirs me présentèrent à leur roi. Je m'approchai de son trône où il était assis, et le saluai comme on a coutume de saluer les rois des Indes, c'est-à-dire que je me prosternai à ses pieds et baisai la terre. Ce prince me fit relever, et, me recevant d'un air très obligeant[21], il me fit avancer et prendre place auprès de lui. Il me demanda premièrement comment je m'appelais : lui ayant répondu que je me nommais Sindbad, surnommé le Marin à cause de plusieurs voyages que j'avais faits par mer, j'ajoutai que j'étais citoyen de la ville de Bagdad. « Mais, reprit-il, comment vous trouvez-vous dans mes États, et par où y êtes-vous venu ? »

« Je ne cachai rien au roi, je lui fis le même récit que vous venez d'entendre ; et il en fut si surpris et si charmé qu'il commanda qu'on écrivît mon aventure en lettres d'or pour être conservée dans les archives[22] de son royaume. On apporta ensuite le radeau, et l'on ouvrit les ballots en sa présence. Il admira la quantité de bois d'aloès et d'ambre gris, mais surtout les rubis et les émeraudes, car il n'en avait point dans son trésor qui en approchassent.

« Remarquant qu'il considérait mes pierreries avec plaisir, et qu'il en examinait les plus singulières les unes après les autres, je me prosternai et pris la liberté de lui dire : « Sire, ma personne n'est pas seulement au service de Votre Majesté, la charge du radeau est aussi à elle, et je la supplie d'en disposer comme d'un bien qui lui appartient. » Il me dit en souriant : « Sindbad, je me garderai bien d'en avoir la moindre envie,

21. Poli, aimable, serviable.
22. Ensemble de documents officiels conservés par une administration.

ni de vous ôter rien de ce que Dieu vous a donné. Loin de diminuer vos richesses, je prétends les augmenter, et je ne veux point que vous sortiez de mes États sans emporter avec vous des marques de ma libéralité[23]. » Je ne répondis à ces paroles qu'en faisant des vœux pour la prospérité[24] du prince et qu'en louant sa bonté[25] et sa générosité. Il chargea un de ses officiers d'avoir soin de moi, et me fit donner des gens pour me servir à ses dépens. Cet officier exécuta fidèlement les ordres de son maître, et fit transporter dans le logement où il me conduisit tous les ballots dont le radeau avait été chargé.

J'allais tous les jours, à certaines heures, faire ma cour au roi, et j'employais le reste du temps à voir la ville et ce qu'il y avait de plus digne de ma curiosité.

« L'île de Serendib est située justement sous la ligne équinoxiale ; ainsi les jours et les nuits y sont toujours de douze heures, et elle a quatre-vingts parasanges[26] de longueur et autant de largeur. La ville capitale est située à l'extrémité d'une belle vallée, formée par une montagne qui est au milieu de l'île, et qui est bien la plus haute qu'il y ait au monde. En effet, on la découvre en mer de trois journées de navigation. On y trouve le rubis, plusieurs sortes de minéraux ; et tous les rochers sont, pour la plupart, d'émeri, qui est une pierre métallique dont on se sert pour tailler les pierreries. On y voit toutes sortes d'arbres et de plantes rares, surtout le cèdre et le coco. On pêche aussi les perles le long de ses rivages et aux embouchures de ses rivières, et quelques-unes de ses vallées fournissent le diamant. Je fis aussi par dévotion[27] un voyage à la montagne, à l'endroit où Adam fut relégué[28] après avoir été banni du paradis terrestre, et j'eus la curiosité de monter jusqu'au sommet.

23. Des preuves de ma générosité.
24. Le bien-être, le bonheur.
25. En faisant des compliments au roi à propos de sa gentillesse.
26. Un parasange équivaut à 6,4 km.
27. Par respect de la foi.
28. Fut envoyé après avoir été chassé (« banni »), exilé.

« Lorsque je fus de retour dans la ville, je suppliai le roi de me permettre de retourner en mon pays ; ce qu'il m'accorda d'une manière très obligeante et très honorable. Il m'obligea de recevoir un riche présent[29], qu'il fit tirer de son trésor, et, lorsque j'allai prendre congé[30] de lui, il me chargea d'un autre présent bien plus considérable, et en même temps d'une lettre pour le Commandeur des croyants[31], notre souverain seigneur, en me disant : « Je vous prie de présenter de ma part ce régal[32] et cette lettre au calife Haroun-al-Raschid, et de l'assurer de mon amitié. » Je pris le présent et la lettre avec respect, en promettant à Sa Majesté d'exécuter ponctuellement les ordres dont elle me faisait l'honneur de me charger. Avant que je m'embarquasse, ce prince envoya quérir le capitaine et les marchands qui devaient s'embarquer avec moi, et leur ordonna d'avoir pour moi tous les égards[33] imaginables.

« La lettre du roi de Serendib était écrite sur la peau d'un certain animal fort précieux à cause de sa rareté, et dont la couleur tire sur le jaune. Les caractères de cette lettre étaient d'azur, et voici ce qu'elle contenait en langue indienne :

Le roi des Indes, devant qui marchent mille éléphants, qui demeure dans un palais dont le toit brille de l'éclat de cent mille rubis, et qui possède en son trésor vingt mille couronnes enrichies de diamants, au calife Haroun-al-Raschid.

Quoique le présent que nous vous envoyons soit peu considérable, ne laissez pas néanmoins de le recevoir en frère et en ami, en considération de l'amitié que nous conservons pour vous dans notre cœur, et dont nous sommes bien aise de vous

29. Un cadeau d'une très grande valeur.
30. Registre de langue soutenu : quitter, dire au revoir.
31. Le calife de Bagdad était à l'époque des *Mille et une nuits* le chef de tous les musulmans (comme le pape pour les catholiques).
32. Ce cadeau.
33. Les marques de considération.

donner un témoignage. Nous vous demandons la même part dans la vôtre, attendu que nous croyons le mériter, étant d'un rang égal à celui que vous tenez. Nous vous en conjurons en qualité de frère. Adieu.

« Le présent consistait premièrement en un vase d'un seul rubis, creusé et travaillé en coupe, d'un demi-pied de hauteur et d'un doigt d'épaisseur, rempli de perles très rondes, et toutes du poids d'une demi-drachme[34] ; secondement, en une peau de serpent qui avait des écailles grandes comme une pièce ordinaire de monnaie d'or, et dont la propriété était de préserver de maladie ceux qui couchaient dessus ; troisièmement, en cinquante mille drachmes de bois d'aloès le plus exquis, avec trente grains de camphre de la grosseur d'une pistache ; et, enfin, le tout était accompagné d'une esclave d'une beauté ravissante, et dont les habillements étaient couverts de pierreries.

« Le navire mit à la voile ; et, après une longue et très heureuse navigation, nous abordâmes à Balsora, d'où je me rendis à Bagdad. La première chose que je fis après mon arrivée fut de m'acquitter de la commission dont j'étais chargé… »

Scheherazade n'en dit pas davantage, à cause du jour qui se faisait voir. Le lendemain, elle reprit ainsi son discours :

LXXXVIIIe nuit

« Je pris la lettre du roi de Serendib, continua Sindbad, et j'allai me présenter à la porte du Commandeur des croyants, suivi de la belle esclave et des personnes de ma famille qui

34. Poids équivalant à 3,24 grammes (1/2 drachme = 1,62 g).

portaient les présents dont j'étais chargé. Je dis le sujet qui m'amenait, et aussitôt l'on me conduisit devant le trône du calife. Je lui fis la révérence en me prosternant, et, après lui avoir fait une harangue très concise[35], je lui présentai la lettre et le présent. Lorsqu'il eut lu ce que lui mandait[36] le roi de Serendib, il me demanda s'il était vrai que ce prince fût aussi puissant et aussi riche qu'il le marquait par sa lettre. Je me prosternai une seconde fois, et, après m'être relevé : « Commandeur des croyants, lui répondis-je, je puis assurer Votre Majesté qu'il n'exagère pas ses richesses et sa grandeur ; j'en suis témoin. Rien n'est plus capable de causer de l'admiration que la magnificence de son palais. Lorsque ce prince peut paraître en public, on lui dresse un trône sur un éléphant où il s'assied, et il marche au milieu de deux files composées de ses ministres, de ses favoris et d'autres gens de sa cour. Devant lui, sur le même éléphant, un officier tient une lance d'or à la main, et derrière le trône un autre est debout, qui porte une colonne d'or au haut de laquelle est une émeraude longue d'environ un demi-pied et grosse d'un pouce. » Il est précédé d'une garde de mille hommes habillés de drap d'or et de soie et montés sur des éléphants richement caparaçonnés[37]. Pendant que le roi est en marche, l'officier qui est devant lui sur le même éléphant crie de temps en temps à haute voix :

Voici le grand monarque, le puissant et redoutable sultan des Indes, dont le palais est couvert de cent mille rubis, et qui possède vingt mille couronnes de diamants ! Voici le monarque couronné, plus grand que ne furent jamais le grand Solima[38] *et le Grand Mihrage !*

35. Un discours très court.
36. Ce que lui envoyait.
37. Couverts de belles armures décorées (de caparaçons), comme les chevaux pour les tournois.
38. Salomon, grand roi biblique respecté par les musulmans.

« Après qu'il a prononcé ces paroles, l'officier qui est derrière le trône crie à son tour :

Ce monarque si grand et si puissant doit mourir, doit mourir, doit mourir.

« L'officier de devant reprend et crie ensuite :

Louange à celui qui vit et ne meurt pas.

« D'ailleurs, le roi de Serendib est si juste qu'il n'y a pas de juges dans sa capitale, non plus que dans le reste de ses États : ses peuples n'en ont pas besoin. Ils savent et ils observent d'eux-mêmes exactement la justice, et ne s'écartent jamais de leur devoir. Ainsi les tribunaux et les magistrats sont inutiles chez eux. » Le calife fut fort satisfait de mon discours. « La sagesse de ce roi, dit-il, paraît en sa lettre, et, après ce que vous venez de me dire, il faut avouer que sa sagesse est digne de ses peuples, et ses peuples dignes d'elle. » À ces mots, il me congédia[39] et me renvoya avec un riche présent… »

Sindbad acheva de parler en cet endroit, et ses auditeurs se retirèrent ; mais Hindbad reçut auparavant cent sequins. Ils revinrent encore le jour suivant chez Sindbad, qui leur raconta son septième et dernier voyage dans ces termes : […]

39. Il me donna l'autorisation (ou l'ordre) de quitter les lieux.

Repérer et analyser

La situation d'énonciation et le cadre

1 **a.** « Messeigneurs, leur dit-il » (l. 1) : rappelez qui parle et à qui.
b. Qui le pronom personnel « il » (l. 1) désigne-t-il ?

2 Pourquoi certains passages sont-ils en italique dans le texte ?

3 Combien de temps s'est écoulé depuis le cinquième voyage ?

4 Lors de quel précédent voyage Sindbad a-t-il déjà emprunté la route de la Perse avant de s'embarquer ? Quelle expression indique que Sindbad a déjà suivi le même itinéraire ?

5 Dans quelle ville Sindbad se retrouve-t-il ?

Le parcours de Sindbad

6 **a.** Qu'est-ce qui pousse Sindbad à reprendre la mer ? Est-il conscient des risques qu'il encourt ?
b. D'après la première phrase du sixième voyage, combien de naufrages Sindbad a-t-il subis ?

7 **a.** Qu'arrive-t-il au navire sur lequel naviguent Sindbad et ses compagnons ? Qu'arrive-t-il à tous les compagnons de Sindbad ?
b. Quelles sont les deux raisons données par Sindbad pour expliquer qu'il survit plus longtemps que les autres ?
c. Quelle idée Sindbad a-t-il pour quitter le lieu de son naufrage ? Qui l'a inspiré ? Citez le texte.
d. Quelles différentes richesses Sindbad emporte-t-il avec lui ?

8 **a.** À quel personnage important Sindbad va-t-il être présenté ?
b. Par quels moyens Sindbad se rend-il agréable à ce personnage ?
c. En quoi les décisions que prend ce personnage montrent-elles qu'il prend de l'intérêt pour Sindbad ?
d. Quelle mission ce personnage confie-t-il à Sindbad ?
e. Sindbad retourne-t-il à Bagdad comme un simple marchand ?

La description des lieux

Dans un récit aux temps du passé, les descriptions sont généralement conduites à l'imparfait. Toutefois, il arrive que le narrateur emploie le présent. Dans ce cas, il s'agit d'un présent de vérité générale, qui permet au narrateur de souligner l'authenticité des informations fournies.

9 Lisez la description de l'île où échouent les marchands.
a. Relevez les différents éléments décrits et classez-les en deux colonnes selon qu'ils vous paraissent réalistes ou merveilleux.
b. Quel est le temps dominant ? S'agit-il du temps habituellement employé dans les descriptions ? Quelle est sa valeur ?
10 Lisez la présentation de l'île de Serendib (l. 43 à 74).
a. Quel est le temps dominant ? Quelle est sa valeur ?
b. Relevez les différentes informations fournies par Sindbad, et classez-les en trois catégories selon qu'elles concernent la géographie, les minéraux ou les végétaux de l'île.

La découverte de civilisations lointaines

11 Par quels personnages Sindbad a-t-il été recueilli avec son radeau ? À quelles activités ces personnages se livraient-ils à ce moment-là ? Comment Sindbad a-t-il réussi à communiquer avec eux ?
12 Quelles caractéristiques du royaume de Serendib ont-elles suscité l'« admiration » de Sindbad ? En quoi la justice de ce pays est-elle également admirable ?

La fonction de la lettre

La lettre permet de communiquer à distance. Une lettre commence souvent par une formule d'ouverture qui mentionne le destinataire (celui à qui la lettre est adressée). Elle se clôt généralement par une formule d'adieu suivie de la signature de l'auteur. On distingue les lettres privées, qu'un individu adresse à un proche pour lui parler de sa vie personnelle, et les lettres officielles, qu'un puissant adresse à un autre personnage important pour lui parler d'affaires publiques.

13 **a.** Qui est l'auteur de cette lettre ? Qui est le destinataire ?
b. Par quels moyens la longue formule d'ouverture souligne-t-elle l'immense richesse du roi des Indes ?
14 **a.** Quel est le but de cette lettre ? S'agit-il d'une lettre officielle ou d'une lettre privée ?
b. Quels objets accompagnent cette lettre ? À quoi servent-ils ?

La visée

15 Comparez le regard porté par Sindbad sur le royaume de Serendib à l'opinion qu'il s'est faite sur les deux civilisations rencontrées lors de son quatrième voyage. Que constatez-vous ?

Sindbad le marin

Septième et dernier voyage

« Au retour de mon sixième voyage, j'abandonnai absolument la pensée d'en faire jamais d'autres. Outre que j'étais dans un âge qui ne demandait plus que du repos, je m'étais bien promis de ne plus m'exposer aux périls que j'avais tant de fois courus. Ainsi je ne songeais qu'à passer doucement le reste de ma vie. Un jour que je régalais nombre d'amis, un de mes gens me vint avertir qu'un officier du calife me demandait. Je sortis de table et allai au-devant de lui. « Le calife, me dit-il, m'a chargé de venir vous dire qu'il veut vous parler. » Je suivis au palais l'officier, qui me présenta à ce prince, que je saluai en me prosternant à ses pieds. « Sindbad, me dit-il, j'ai besoin de vous : il faut que vous me rendiez un service ; que vous alliez porter ma réponse et mes présents au roi de Serendib ; il est juste que je lui rende la civilité[1] qu'il m'a faite. »

« Le commandement du calife fut un coup de foudre pour moi. « Commandeur des croyants, lui dis-je, je suis prêt à exécuter tout ce que m'ordonnera Votre Majesté ; mais je la supplie très humblement de songer que je suis rebuté[2] des fatigues incroyables que j'ai souffertes. J'ai même fait vœu de ne sortir jamais de Bagdad. » De là je pris occasion de lui faire un long détail de toutes mes aventures[3], qu'il eut la patience d'écouter jusques à la fin. Dès que j'eus cessé de parler :

« J'avoue, dit-il, que voilà des événements bien extraordinaires ; mais pourtant il ne faut pas qu'ils vous empêchent de faire pour l'amour de moi le voyage que je vous propose. Il ne s'agit que d'aller à l'île de Serendib, vous acquitter de la

1. La politesse.
2. Je suis dégoûté.
3. J'en profitai pour lui détailler longuement mes aventures.

commission que je vous donne. Après cela, il vous sera libre de vous en revenir. Mais il faut y aller : car vous voyez bien qu'il ne serait pas de la bienséance et de ma dignité d'être redevable au roi de cette île. » Comme je vis que le calife exigeait cela de moi absolument, je lui témoignai que j'étais prêt à lui obéir. Il en eut beaucoup de joie, et me fit donner mille sequins pour les frais de mon voyage.

« Je me préparai en peu de jours à mon départ ; et, sitôt qu'on m'eut livré les présents du calife avec une lettre de sa propre main, je partis et pris la route de Balsora, où je m'embarquai. Ma navigation fut très heureuse ; j'arrivai à l'île de Serendib. Là, j'exposai aux ministres la commission dont j'étais chargé, et les priai de me faire donner audience incessamment. Ils n'y manquèrent pas. On me conduisit au palais avec honneur. J'y saluai le roi en me prosternant selon la coutume.

« Ce prince me reconnut d'abord, et me témoigna une joie toute particulière de me revoir. « Ah ! Sindbad ! me dit-il, soyez le bienvenu ! Je vous jure que j'ai songé à vous très souvent depuis votre départ. Je bénis ce jour, puisque nous nous voyons encore une fois. » Je lui fis mon compliment, et, après l'avoir remercié de la bonté qu'il avait pour moi, je lui présentai la lettre et le présent du calife, qu'il reçut avec toutes les marques d'une grande satisfaction.

« Le calife lui envoyait un lit complet de drap d'or, estimé mille sequins, cinquante robes d'une très riche étoffe, cent autres de toile blanche, la plus fine du Caire[4], de Suez[4], de Cufa[4] et d'Alexandrie[4] ; un autre lit cramoisi[5], et un autre encore d'une autre façon, un vase d'agate[6] plus large que profond, épais d'un doigt et ouvert d'un demi-pied, dont le

4. Le Caire, Suez et Alexandrie sont des villes d'Égypte. Cufa est une ville d'Irak, au sud de Bagdad, sur l'Euphrate.

5. D'une couleur rouge foncé, tirant sur le violet.

6. Pierre précieuse.

fond représentait en bas-relief un homme un genou en terre qui tenait un arc avec une flèche, prêt à tirer contre un lion ; il lui envoyait enfin une riche table que l'on croyait, par tradition, venir du grand Salomon. La lettre du calife était conçue en ces termes :

Salut, au nom du souverain guide du droit chemin, au puissant et heureux sultan, de la part d'Abdallah Haroun-al-Raschid, que Dieu a placé dans le lieu d'honneur après ses ancêtres d'heureuse mémoire.

Nous avons reçu votre lettre avec joie, et nous vous envoyons celle-ci, émanée du conseil de notre Porte, le jardin des esprits supérieurs. Nous espérons qu'en jetant les yeux dessus, vous connaîtrez notre bonne intention, et que vous l'aurez pour agréable. Adieu.

« Le roi de Serendib eut un grand plaisir de voir que le calife répondait à l'amitié qu'il lui avait témoignée. Peu de temps après cette audience, je sollicitai celle de mon congé, que je n'eus pas peu de peine à obtenir. Je l'obtins enfin, et le roi, en me congédiant, me fit un présent très considérable. Je me rembarquai aussitôt, dans le dessein de m'en retourner à Bagdad ; mais je n'eus pas le bonheur d'y arriver comme je l'espérais, et Dieu en disposa autrement[7].

« Trois ou quatre jours après notre départ, nous fûmes attaqués par des corsaires[8], qui eurent d'autant moins de peine à s'emparer de notre vaisseau qu'on n'y était nullement en état de se défendre. Quelques personnes de l'équipage voulurent faire résistance, mais il leur en coûta la vie ; pour moi et tous ceux qui eurent la prudence de ne pas s'opposer au dessein des corsaires, nous fûmes faits esclaves… »

7. Dieu en décida autrement.

8. Des pirates.

Le dernier voyage de Sindbad le marin, gravure colorée, 1895.

Le jour qui paraissait imposa silence à Scheherazade. Le lendemain elle reprit la suite de cette histoire.

LXXXIXe nuit

Sire, dit-elle au sultan des Indes, Sindbad, continuant de raconter les aventures de son dernier voyage :

« Après que les corsaires, poursuivit-il, nous eurent tous dépouillés et qu'ils nous eurent donné de méchants habits[9] au lieu des nôtres, ils nous emmenèrent dans une grande île fort éloignée, où ils nous vendirent.

« Je tombai entre les mains d'un riche marchand, qui ne m'eut pas plutôt acheté qu'il me mena chez lui, où il me fit

9. Des vêtements laids, ou abîmés, des loques.

bien manger et habiller proprement en esclave. Quelques jours après, comme il ne s'était pas encore bien informé qui j'étais, il me demanda si je ne savais pas quelque métier. Je lui répondis, sans me faire mieux connaître, que je n'étais pas un artisan, mais un marchand de profession, et que les corsaires qui m'avaient vendu m'avaient enlevé tout ce que j'avais. « Mais dites-moi, reprit-il, si vous ne pourriez pas tirer de l'arc ». Je lui repartis que c'était un des exercices de ma jeunesse, et que je ne l'avais pas oublié depuis. Alors il me donna un arc et des flèches ; et, m'ayant fait monter derrière lui sur un éléphant, il me mena dans une forêt éloignée de la ville de quelques heures de chemin, et dont l'étendue était très vaste. Nous y entrâmes fort avant[10], et, lorsqu'il jugea à propos de s'arrêter, il me fit descendre. Ensuite, me montrant un grand arbre : « Montez sur cet arbre, me dit-il, et tirez sur les éléphants que vous verrez passer : car il y en a une quantité prodigieuse dans cette forêt. S'il en tombe quelqu'un, venez m'en donner avis. » Après m'avoir dit cela, il me laissa des vivres, reprit le chemin de la ville, et je demeurai sur l'arbre à l'affût pendant toute la nuit.

« Je n'en aperçus aucun pendant tout ce temps-là ; mais le lendemain, d'abord que le soleil fut levé, j'en vis paraître un grand nombre. Je tirai dessus plusieurs flèches, et enfin il en tomba un par terre. Les autres se retirèrent aussitôt, et me laissèrent la liberté d'aller avertir mon patron de la chasse que je venais de faire. En faveur de cette nouvelle, il me régala d'un bon repas, loua mon adresse et me caressa fort. Puis nous allâmes ensemble à la forêt où nous creusâmes une fosse dans laquelle nous enterrâmes l'éléphant que j'avais tué. Mon patron se proposait de revenir lorsque l'animal serait pourri et d'enlever les dents pour en faire commerce.

10. Nous nous enfonçâmes très profondément dans la forêt.

« Je continuai cette chasse pendant deux mois, et il ne se passait pas de jour que je ne tuasse un éléphant. Je ne me mettais pas toujours à l'affût sur un même arbre, je me plaçais tantôt sur l'un et tantôt sur l'autre. Un matin que j'attendais l'arrivée des éléphants, je m'aperçus avec un extrême étonnement qu'au lieu de passer devant moi en traversant la forêt comme à l'ordinaire, ils s'arrêtèrent, et vinrent à moi avec un horrible bruit et en si grand nombre que la terre en était couverte et tremblait sous leurs pas. Ils s'approchèrent de l'arbre où j'étais monté et l'environnèrent[11] tous, la trompe étendue et les yeux attachés sur moi. À ce spectacle étonnant, je restai immobile, et saisi d'une telle frayeur que mon arc et mes flèches me tombèrent des mains.

« Je n'étais pas agité d'une crainte vaine[12]. Après que les éléphants m'eurent regardé quelque temps, un des plus gros embrassa[13] l'arbre par le bas avec sa trompe, et fit un si puissant effort qu'il le déracina et le renversa par terre. Je tombai avec l'arbre ; mais l'animal me prit avec sa trompe, et me chargea sur son dos, où je m'assis plus mort que vif avec le carquois[14] attaché à mes épaules. Il se mit ensuite à la tête de tous les autres qui le suivaient en troupe, et me porta jusqu'à un endroit, où m'ayant posé à terre, il se retira avec tous ceux qui l'accompagnaient. Concevez[15], s'il est possible, l'état où j'étais : je croyais plutôt dormir que veiller[16]. Enfin, après avoir été quelque temps étendu sur la place, ne voyant plus d'éléphants, je me levai, et je remarquai que j'étais sur une colline assez longue et assez large, toute couverte d'ossements, et de dents d'éléphants. Je vous avoue que cet objet me fit faire une infinité[17] de réflexions. J'admirai l'instinct de ces animaux.

11. L'entourèrent.
12. J'avais des raisons d'avoir peur.
13. Au sens propre, prendre et serrer entre ses bras (ici, dans sa trompe).
14. L'étui à flèches.
15. Imaginez.
16. Être éveillé, ne pas dormir.
17. Un très grand nombre de.

« Un des plus gros éléphants déracine l'arbre », illustration de Gustave Doré.

Je ne doutai point que[18] ce ne fût là leur cimetière, et qu'ils ne m'y eussent apporté exprès pour me l'enseigner, afin que je cessasse de les persécuter, puisque je le faisais dans la vue seule d'avoir leurs dents[19]. Je ne m'arrêtai pas sur la colline, je tournai mes pas vers la ville ; et, après avoir marché un jour et une nuit, j'arrivai chez mon patron. Je ne rencontrai aucun éléphant sur ma route ; ce qui me fit connaître[20] qu'ils s'étaient éloignés plus avant dans la forêt, pour laisser la liberté d'aller sans obstacle à la colline.

« Dès que mon patron m'aperçut : « Ah ! pauvre Sindbad ! me dit-il, j'étais dans une grande peine de savoir ce que tu pouvais être devenu. J'ai été à la forêt, j'y ai trouvé un arbre nouvellement déraciné, un arc et des flèches par terre, et, après t'avoir inutilement cherché, je désespérais de te revoir jamais. Raconte-moi, je te prie, ce qui t'est arrivé. Par quel bonheur es-tu encore en vie ? » Je satisfis sa curiosité ; et, le lendemain étant allés tous deux à la colline, il reconnut avec une extrême joie la vérité de ce que je lui avais dit. Nous chargeâmes l'éléphant sur lequel nous étions venus de tout ce qu'il pouvait porter de dents, et, lorsque nous fûmes de retour : « Mon frère, me dit-il (car je ne veux plus vous traiter en esclave, après le plaisir que vous venez de me faire par une découverte qui va m'enrichir), Dieu vous comble de toutes sortes de biens et de prospérités ! Je déclare devant lui que je vous donne la liberté. Je vous avais dissimulé ce que vous allez entendre : les éléphants de notre forêt nous font périr chaque année une infinité d'esclaves que nous envoyons chercher de l'ivoire. Quelques conseils que nous leur donnions, ils perdent tôt ou tard la vie par les ruses de ces animaux. Dieu vous a délivré de leur furie[21], et n'a fait cette grâce qu'à vous seul.

18. J'étais sûr, persuadé que.
19. Exprès pour me le faire comprendre, afin que j'arrête de les massacrer, puisque je le faisais dans le seul but d'avoir leurs défenses.
20. Ce qui me fit comprendre.
21. Leur colère, leur fureur.

C'est une marque qu'il vous chérit, et qu'il a besoin de vous dans le monde pour le bien que vous y devez faire. Vous me procurez un avantage incroyable : nous n'avons pu avoir d'ivoire jusqu'à présent qu'en exposant la vie de nos esclaves ; et voilà toute notre ville enrichie par votre moyen. Ne croyez pas que je prétende vous avoir assez récompensé par la liberté que vous venez de recevoir ; je veux ajouter à ce don des biens considérables. Je pourrais engager toute la ville à faire votre fortune, mais c'est une gloire que je veux avoir moi seul. »

« À ce discours obligeant je répondis : « Patron, Dieu vous conserve ! La liberté que vous m'accordez suffit pour vous acquitter envers moi ; et, pour toute récompense du service que j'ai eu le bonheur de vous rendre à vous et à votre ville, je ne vous demande que la permission de retourner en mon pays. – Hé bien ! répliqua-t-il, le moçon nous amènera bientôt des navires qui viendront charger de l'ivoire. Je vous renverrai alors, et vous donnerai de quoi vous conduire chez vous. » Je le remerciai de nouveau de la liberté qu'il venait de me donner et des bonnes intentions qu'il avait pour moi. Je demeurai chez lui en attendant le moçon ; et, pendant ce temps-là, nous fîmes tant de voyages à la colline que nous remplîmes ses magasins d'ivoire[22]. Tous les marchands de la ville qui en négociaient firent la même chose : car cela ne leur fut pas longtemps caché. »

À ces paroles Scheherazade, apercevant la pointe du jour, cessa de poursuivre son discours. Elle le reprit la nuit suivante, et dit au sultan des Indes :

22. Ses entrepôts d'ivoire (la matière précieuse blanche des défenses).

XC^e nuit

Sire, Sindbad, continuant le récit de son septième voyage :

« Les navires, dit-il, arrivèrent enfin ; et mon patron, ayant choisi lui-même celui sur lequel je devais m'embarquer, le chargea d'ivoire à demi[23] pour mon compte. Il n'oublia pas d'y faire mettre aussi des provisions en abondance pour mon passage[24] ; et, de plus, il m'obligea d'accepter des régals de grand prix, des curiosités du pays. Après que je l'eus remercié autant qu'il me fut possible de tous les bienfaits que j'avais reçus de lui, je m'embarquai. Nous mîmes à la voile ; et, comme l'aventure qui m'avait procuré la liberté était fort extraordinaire, j'en avais toujours l'esprit occupé.

« Nous nous arrêtâmes dans quelques îles pour y prendre des rafraîchissements. Notre vaisseau étant parti d'un port de terre ferme des Indes, nous y allâmes aborder ; et là, pour éviter les dangers de la mer jusqu'à Balsora, je fis débarquer l'ivoire qui m'appartenait, résolu de continuer mon voyage par terre. Je tirai de mon ivoire une grosse somme d'argent ; j'en achetai plusieurs choses rares pour en faire des présents, et, quand mon équipage fut prêt, je me joignis à une grosse caravane[25] de marchands. Je demeurai longtemps en chemin, et je souffris beaucoup ; mais je souffrais avec patience, en faisant réflexion que je n'avais plus à craindre ni les tempêtes, ni les corsaires, ni les serpents, ni tous les autres périls que j'avais courus.

« Toutes ces fatigues finirent enfin : j'arrivai heureusement à Bagdad. J'allai d'abord me présenter au calife, et lui rendre compte de mon ambassade[26]. Ce prince me dit que la longueur de mon voyage lui avait causé de l'inquiétude ; mais qu'il avait

23. À moitié.
24. Mon voyage en mer, ma traversée.
25. Un groupe de voyageurs réunis pour faire la route en sécurité.
26. Le fait d'être envoyé par un souverain auprès d'un autre souverain afin de transmettre les nouvelles, les cadeaux de l'un à l'autre.

pourtant toujours espéré que Dieu ne m'abandonnerait point. Quand je lui appris l'aventure des éléphants, il en parut fort surpris ; et il aurait refusé d'y ajouter foi si ma sincérité ne lui eût pas été connue. Il trouva cette histoire et les autres que je lui racontai si curieuses qu'il chargea un de ses secrétaires de les écrire en caractères d'or, pour être conservées dans son trésor. Je me retirai très content de l'honneur et des présents qu'il me fit ; puis je me donnai tout entier à ma famille, à mes parents et à mes amis. »

Ce fut ainsi que Sindbad acheva le récit de son septième et dernier voyage ; et, s'adressant ensuite à Hindbad : « Hé bien ! mon ami, ajouta-t-il, avez-vous jamais ouï dire que quelqu'un ait souffert autant que moi, ou qu'aucun mortel se soit trouvé dans des embarras si pressants[27] ? N'est-il pas juste qu'après tant de travaux je jouisse d'une vie agréable et tranquille ? » Comme il achevait ces mots, Hindbad s'approcha de lui, et dit en lui baisant la main : « Il faut avouer, Seigneur, que vous avez essuyé d'effroyables périls ; mes peines ne sont pas comparables aux vôtres. Si elles m'affligent dans le temps que je les souffre, je m'en console par le petit profit que j'en tire. Vous méritez non seulement une vie tranquille, vous êtes digne encore de tous les biens que vous possédez, puisque vous en faites un si bon usage et que vous êtes si généreux. Continuez donc de vivre dans la joie jusqu'à l'heure de votre mort. » Sindbad lui fit donner encore cent sequins, le reçut au nombre de ses amis[28], lui dit de quitter sa profession de porteur, et de continuer de venir manger chez lui ; qu'il aurait lieu de se souvenir toute sa vie de Sindbad le marin.

Scheherazade, voyant qu'il n'était pas encore jour, continua de parler, et commença une autre histoire.

27. Des problèmes, des ennuis si terribles, si contraignants.

28. Parmi ses amis, comme un ami.

Questions

Repérer et analyser

La situation d'énonciation

1 Rappelez à qui Scheherazade raconte ces histoires ? Relevez un indice au début de la 89e nuit (p. 114).

2 Délimitez par ailleurs le récit de Sindbad. À qui Sindbad s'adresse-t-il ?

3 Relisez les trois derniers paragraphes.

a. Quel paragraphe est-il pris en charge par le narrateur premier (voir la leçon, p. 14) ?

b. Lequel comporte-t-il uniquement les paroles de Scheherazade ?

c. Lequel comporte-t-il à la fois les paroles de Scheherazade, de Sindbad et de Hindbad ?

4 À quelle ligne s'achève le récit encadré des aventures de Sindbad le marin ?

Le parcours de Sindbad

Les épreuves

5 **a.** De quelle mission Sindbad est-il chargé par le calife ?

b. Pourquoi le calife a-t-il décidé de confier cette mission à Sindbad ?

c. Sindbad réussit-il sa mission ?

d. A-t-il été confronté à des épreuves lors de l'accomplissement de sa mission ?

6 À quelle épreuve Sindbad est-il confronté lors de son départ de Serendib ? Qu'advient-il de lui ?

7 **a.** Quelle tâche est-elle confiée à Sindbad le marin par son nouveau maître ?

b. Sindbad accomplit-il correctement cette tâche ?

c. Durant combien de temps exerce-t-il cette activité ? Pourquoi le marchand rend-il la liberté à Sindbad ?

8 **a.** Quelle matière précieuse Sindbad emporte-t-il avec lui lorsqu'il quitte l'île où il était esclave ?

b. Qui lui a donné cette marchandise ?

9 **a.** De retour à Bagdad, à qui Sindbad va-t-il rendre visite ? Pourquoi ?
b. Quelle est la réaction de ce personnage au récit des aventures de Sindbad ?
c. Que va-t-il faire des aventures qu'il a entendues ?

L'évolution de Sindbad

10 **a.** Pour son septième voyage, Sindbad part-il de lui-même ? Justifiez votre réponse.
b. À la fin de cet ultime voyage, Sindbad décide-t-il de retourner dans son pays en suivant son trajet habituel ? Pourquoi ?
c. En conclusion, quelle évolution constatez-vous dans le caractère et le comportement de Sindbad ? À quoi cette évolution est-elle due ?

11 Relevez les paroles du marchand qui montrent qu'il considère Sindbad comme un envoyé de Dieu.

12 **a.** Quelle est la position sociale de Sindbad le marin au début de son voyage ?
b. Quelle est sa nouvelle position sociale à la suite de l'attaque des pirates ? S'agit-il d'une amélioration ou d'une dégradation de sa situation ? En quoi sa situation évolue-t-elle à la fin de ses sept voyages ?

Le rythme de la narration

Le narrateur peut choisir de raconter les événements d'une façon plus ou moins rapide. C'est ce qu'on appelle le rythme de la narration. On peut le déterminer en comparant la durée supposée des événements racontés (comptée en années, mois, jours, heures…) avec le nombre de lignes que le narrateur consacre à ces événements.

13 **a.** Selon vous, Sindbad met-il beaucoup de temps pour aller de Bagdad à Serendib ?
b. Combien de phrases sont-elles consacrées au récit de ce voyage ? Le rythme de la narration de ce voyage est-il plutôt rapide ou plutôt lent ?
c. Comment peut-on expliquer que le narrateur ait choisi un tel rythme ?

La visée

14 Relisez les lignes 250 à 264.

a. Qu'est-ce que Sindbad souhaitait prouver à Hindbad en lui faisant le récit de ses aventures ?

b. A-t-il réussi ? Justifiez votre réponse.

15 Qu'en est-il de Scheherazade ? Vous semble-t-elle avoir intéressé son interlocuteur ? À la fin du texte, Scheherazade a-t-elle fini de raconter ses histoires ?

Étudier la langue

Autour du mot « congé »

16 Lorsque Sindbad souhaite retourner chez lui il demande au roi de Serendib son « congé » (l. 73-74).

a. Que signifie ce mot ?

b. À propos de ce congé, Sindbad précise qu'il n'eut « pas peu de peine » à l'obtenir. Cette expression signifie-t-elle qu'il a obtenu son congé facilement ou difficilement ? Justifiez votre réponse.

Écrire

Écrire une lettre

17 Vous êtes Hindbad. Vous écrivez une lettre à votre frère qui déteste Sindbad, pour lui annoncer qu'il est devenu votre meilleur ami. Vous devez trouver des arguments pour convaincre votre frère que Sindbad est un homme sympathique, et qu'il mérite ses richesses. Vous respecterez les caractéristiques de la lettre.

Sindbad le marin

Le récit cadre

1 **a.** Qui est Scheherazade ? À qui raconte-t-elle des histoires ?
b. Dans quelles circonstances ? Pendant combien de nuits ?

2 **a.** Quand raconte-t-elle ces histoires ? Quand s'arrête-t-elle ?
b. Pourquoi le moment de l'interruption doit-il être choisi avec soin ?

Le cadre et les événements

3 **a.** À quelle époque les aventures de Sindbad se déroulent-elles ? Dans quelle ville habite-t-il ?
b. Dans quelle région du monde Sindbad se rend-il principalement pour s'approvisionner en marchandises ?
c. Le cadre des aventures de Sindbad est-il réel ou imaginaire ?

4 **a.** Combien Sindbad fait-il de voyages ? Résumez-les.
b. Quelle est la durée moyenne de chacun de ces voyages ?
c. Montrez que des événements se reproduisent d'un voyage à l'autre.

Le personnage de Sindbad

5 **a.** Montrez, en citant des exemples, que Sindbad est ingénieux.
b. Quelles autres qualités possède-t-il ? Justifiez votre réponse.
c. A-t-il des défauts ? Justifiez votre réponse.

Le merveilleux, l'exotisme, la visée

6 **a.** Faites la liste des principaux personnages rencontrés par Sindbad ? Lesquels sont merveilleux ?
b. Donnez un exemple d'adjuvant et un exemple d'opposant.

7 Citez quelques noms de marchandises exotiques qui apparaissent dans *Sindbad le marin*.

8 Quelle est la visée de chacun de ces récits ?

S'exprimer à l'oral

9 Présentez oralement le voyage que vous préférez. Vous préciserez les raisons de vos choix, afin de convaincre votre auditoire.

Écrire

10 Imaginez que vous êtes Sindbad. Racontez votre huitième voyage à Hindbad. Votre récit devra être à la première personne, et vous emploierez les temps du récit au passé. Vous pouvez vous inspirer des voyages précédents, et suivre les étapes suivantes :

a. Le départ

- Où Sindbad s'embarque-t-il ? Pour quelle destination (voir p. 7) ?
- Qu'est-ce qui pousse Sindbad à repartir (s'enrichir, le goût de l'aventure, l'amour, remplir une mission confiée par le calife...) ?

b. Les aventures

- Dans quels lieux ses aventures se dérouleront-elles (île mystérieuse, royaume lointain...) ?
- À quelles épreuves Sindbad va-t-il être confronté (abandon, naufrage, attaque...) ?
- Quels personnages va-t-il rencontrer (humains, animaux, êtres surnaturels...) ? Lesquels vont l'aider ? Lesquels vont s'opposer à lui ?
- Quelles marchandises va-t-il se procurer (aromates, épices, bois précieux, ambre, ivoire, perles, pierres précieuses...) ?
- De quelle façon va-t-il les acquérir (par son travail, en les dérobant, en les trouvant, en les recevant comme cadeaux...) ?

c. Le retour

- Comment va-t-il rentrer à Bagdad (navire, caravane terrestre...) ?
- Que va-t-il se passer durant le trajet de retour (mésaventure, commerce, rencontre...) ?
- De retour à Bagdad, que va faire Sindbad de ses richesses nouvelles (dépenses personnelles, dons à ses proches, aumône...) ?

Étudier une image

11 **a.** À quelle page se trouve votre illustration préférée ?

b. Que représente-t-elle ?

c. Retrouvez le passage qu'elle semble illustrer, et recopiez-le.

d. La correspondance entre le texte et l'image est-elle complète ?

Index des rubriques

Table des illustrations

2g	ph ©	BNF, Paris © DR
2d	©	Collection Roger-Viollet
4	ph ©	BNF, Paris © DR
9		Collection Christophel
18	ph ©	BNF, Paris © DR
21		Collection GROB/Kharbine-Tapabor © DR
27	ph ©	Archives Hatier
35		Collection JONAS/Kharbine-Tapabor
37		Collection GROB/Kharbine-Tapabor © DR
48		Illustration de Lucien Laforge, 1912
	ph ©	Selva/Leemage © DR
50		Collection Kharbine-Tapabor © DR
55		Image d'Épinal, vers 1850
	ph ©	AKG images
71		Musée du Louvre
	ph ©	H. Cangokçe-C. Ceti/RMN
76	ph ©	Bridgeman-Giraudon © DR
86	ph ©	Selva/Leemage © DR
89		Collection Kharbine-Tapabor
100	ph ©	Selva/Leemage © DR
114	ph ©	Roger Perrin/Bridgeman-Giraudon
117	ph ©	Archives Hatier

et 14, 15, 16, 17, 18, 29, 30, 31, 32, 43, 44, 45, 46, 61, 62, 63, 64, 80, 81, 82, 83, 94, 95, 109, 110, 122, 123, 124 (illustration de Gustave Doré, détail), ph © Archives Hatier

Iconographie : Édith Garraud assistée de Christine Charier/Hatier Illustration

Cartographie : Eugénie Dumas

Graphisme : Mecano-Laurent Batard

Mise en page : Nicole Pellieux

Achevé d'imprimer par Hérissey à Évreux (Eure) - France - N° 116820

Dépôt légal : 74471 - 6/04 - juillet 2011